U0505294

作者简介

让–皮埃尔·西梅翁 (Jean-Pierre Siméon)，出生于法国巴黎，诗人、小说家、剧作家、评论家。他是现代文学教授，曾在法国奥弗涅教师培训学院、法国国立艺术与舞台技艺高等学院、法国政治学院等机构任教。著有多部诗集、小说、少儿读物和戏剧作品。1986 年，在克莱蒙费朗创立了诗歌周。2001—2017 年，担任法国诗歌节"诗人的春天"艺术总监。自 2001 年以来，成为维勒班恩国家人民剧院的合作诗人。目前担任"阿波利奈尔诗歌奖"评委、法国伽利玛出版社"诗歌丛书"主编。其诗歌作品多次获奖，其中包括 1981 年莫里斯·赛夫奖、1984 年安托·阿尔托奖、1994 年阿波利奈尔奖、2006 年马克斯·雅各布奖。还曾凭借全部作品获得吕西安·布拉加国际奖、圣米歇尔山大奖。其创作的随笔《诗歌将拯救世界》得到评论界和公众的广泛好评。此外，还著有诗集《诗的复活》《爱的理论》《诗歌颂》等、书信集《给心爱的女人讲死亡的信》。

译者简介

姜丹丹，博士，曾就读于北京大学、瑞士日内瓦大学。目前任教于上海交通大学人文学院，博士生导师，欧洲文化高等研究院研究员。鲁迅美术学院特聘教授、国际哲学学院通信院士（Correspondent）。法国巴黎第三大学美学专业博士后，法国高等社会科学院（EHESS）艺术与语言研究中心博士后。法国人文科学之家（FMSH）访问学者，比利时法语鲁汶大学访问教授。华东师范大学文明互鉴中心高级研究员。上海翻译家协会会员，上海美术家协会会员。曾获法兰西学院–路易·德·波利涅克王子基金会行政委员会科研奖（2020）、法国教育部学术棕榈骑士勋章（2015）、上海浦江人才（2011）等荣誉。担任"轻与重"文丛主编。曾翻译出版译著《菲利普·雅各泰诗选：1946–1967》《观看，书写：建筑与文学之间的对话》《作为生活方式的哲学》《罗伯特·格里耶访谈录》《三岛由纪夫，或空的幻景》等十余种。

诗 的 复 活

Levez-vous du tombeau

[法] 让－皮埃尔·西梅翁　著
Jean-Pierre Siméon

姜丹丹　译

上海人民出版社

目录

III 热烈的理论（内在的对话）

诗歌最终应成为主宰
它既无权力，又无确保，
它的思想，时而如草原上的马
时而如一措山雀，投掷到风里，

我们得围坐在它无序的边上，
由于它高度渴求无序的秩序，
唯有自由，不会溶解在歉意里，

足以将一切，归于我们的计划
树木、岩石、雨水、蜜蜂和河流
要让它们，从理念中，解放出来
依据奥菲斯的法则，
在它们的身上，识别出
我们所不知道的歌曲的女主人

在历史上的此时此刻，毫无疑问，
我们是凶猛的人们
虚荣，禁止了爱情
我们所做的，只有把握，却不拥抱

只有诗人，不做生命的高利贷
他给予，但无所求
但它只给予，并不能被占有的

得用双手、眼睛和嘴唇，去战斗
抵抗丑陋
行动与意图的丑陋
那会导致对于虚空的
童稚的恐惧
和所有非爱的饥渴

诗人只有恋爱的反叛
（这无关于饶舌的椅子）。
他甚至不是他的敌人们的敌人
因为他不会吃他们的苦面包
他的愤怒，往往欢快而圆润
如林中的空地

杀死诗人，噢，洛尔卡
诗歌却会在追随它的阳光下重生

在诗歌的治理下
当然，丑陋，也总是会有的，
（人永远无法摆脱内心的软弱）
但生活，就是为每个人准备的
他的欲望的唯一的对象

Il va falloir enfin que la poésie gouverne
elle qui n'a ni pouvoir ni assurance
elle dont la pensée est tantôt cheval de steppes
tantôt poignée de mésanges jetée au vent

il va falloir s'attabler à son désordre
étant donné les ordres désordre hautement
désirable
seule liberté qui ne soit pas soluble dans l'excuse

assez d'assigner toute chose à nos desseins
arbres rochers pluies abeilles et rivières
il s'agit de les libérer de l'idée
et selon la loi d'Orphée
de reconnaître en elles
les maîtresses d'un chant que nous ignorons

à ce point de l'histoire plus de doute
nos sommes les Violents
la vanité interdisant l'amour
nous n'avons fait que saisir sans étreindre

seul le poète n'est pas l'usurier de la vie
il donne sans rétribution
mais il ne donne que ce qui ne se possède pas

il va falloir combattre des mains des yeux des
lèvres
la laideur
laideur d'actes et d'intentions

dont sont la cause la puérile peur du vide
et toutes faims qui ne sont pas d'amour

le poète n'a que des rebellions amoureuses
(c'est-à-dire sans égards pour les chaises bavardes)
il n 'est pas même l'ennemi de ses ennemis
parce qu'il ne mange pas de leur pain amer
ses colères souvent sont joyeuses et rondes
comme clairières dans la forêt

tuez le poète ô Lorca
la poésie renaît dans le soleil qui suit

sous le gouvernement de la poésie
la laideur bien sûr comme toujours aurait sa part
(on n'échappe jamais tout à fait aux mollesses du cœur)
mais la vie simplement serait à chacun
le seul objet de son désir.

I

七弦琴

"因为这无关力量，而关涉生命，
我们的欲望：要快乐与方便同在。"

荷尔德林
《乡下的散步》
选自菲利普·雅各泰的法译本，法国伽利玛出版社

Les sept cordes de la lyre

« Car ce n'est pas affaire de puissance, mais de vie,
Notre désir : joie et convenance à la fois »

Hölderlin
La promenade à la campagne
trad. Ph. Jaccottet
éd. Poésie/Gallimard

鸟之弦

人类的全部历险，
沉重的人类历险
是否抵得上
一场鸟鸣，无用，
却在一个清爽的早晨，
唤醒了空气？

在有过世界之后，在这世上，
还会余下什么？
幸而，若有若无的回音，轻如丝缎，
是否来自鸟儿的歌声
与其宁静的宽恕？

噢，鸟儿们的歌声，极其清简，
如此纯净，又弱不经风，
如它迎风而飞的翅膀一样！
噢，这样的清简，也在裁判我们，
在它面前，城市也黯然，

你从未见过一只鸟儿入睡？
它飞翔，或歌唱，或者
伫立，注视着时间穿越空间，
它并不像我们那样去忧心死亡

会随之而来
鸟儿并不多想
让它的在场，变得简单的事物，
有一种耐心，像果实一样
自然成熟，

鸟儿从不畏惧浮云会遮蔽光明
当冬天把阳光隐藏，难道它不是
会穿越天空的无限，又重新找回光？

鸟儿的秘密：
它的飞翔，和歌唱，
都不是一种职业，
都是它愿意给予的恩赐，

还有这种特权：
鸟儿贴在地面上，找些零碎的食物，
它，却无限地，了解辽阔的高空，

什么是诗歌呢？
人的话语，化身为鸟
在这飞升的话语中
有人的内在飞跃，
升腾在自身之上

始终活在
枯萎的树叶与太阳的火焰之间

La corde de l'oiseau

L'aventure humaine toute
la pesante aventure humaine
vaut-elle le chant inutile de l'oiseau
qui éveille l'air
dans la fraîcheur d'un matin ?

Que restera-t-il du monde après le monde
sinon par bonheur l'écho léger comme une soie
du chant de l'oiseau
et de sa tranquille mansuétude ?

Ô la grande pauvreté du chant de l'oiseau
aussi nu aussi frêle
que son aile donnée au vent !
ô cette pauvreté qui nous juge
et devant quoi les villes s'effondrent

a-t-on jamais vu un oiseau dormir ?
il vole ou il chante ou
il regarde immobile le temps traverser l'espace
il ne songe pas comme nous à la mort qui s'ensuit
l'oiseau ne pense pas
il fait de la présence une chose simple
une patience qui murit comme un fruit

l'oiseau jamais ne craint de perdre la lumière

n'est-ce pas lui si un hiver la dérobe
qui franchira l'infini du ciel pour la retrouver ?

le secret de l'oiseau :
son vol ni son chant ne sont un métier
ce sont des grâces consenties

et ce privilège :
il se nourrit de riens au ras du sol
lui qui connaît infiniment la hauteur

qu'est-ce donc que la poésie ?
parole d'homme faite oiseau
et dans cette parole montante
essor de l'homme en lui-même
au-dessus de lui-même

demeure entre la mort des feuilles et la flamme des soleils

树之弦

我们是依照树木的形态造出的
但可惜，却不如它们那么英勇：
他们生来矗立
只会在生命末日的风中倒下
静止的无待，证实它们
不懂烦忧，那真是人类的疾病

它们必定，会喜爱，
从幽暗而深沉的大地中
朝向它们来临的一切
它们把花朵、果实、叶丛，
化成美德
一束阳光，如同一场雨露，
让它们快乐，
一群雀鸟的飞翔
为它们戴上荣冠

一棵树，会像一个人，那样颤栗
在天空的亲吻下，
但它并不需要从神的寓言中
汲取力量，将它托起，
噢，树木吸吮着阳光和雪水，
在狂风暴雨中，面向雷电

而挺立

它那垂直的执拗
显得人多么低微
人会在死亡的面前
低垂下额头

树木静默，听世界吟唱
自由地抵抗命运
它无畏地
朝向没有尽头
吞噬着空间的无形
坦然敞开

一棵树，它无忧无虑，
在天鹅绒般的夜晚，
向迷路的恋人们
向流浪的动物们，迷失的灵魂们
招手示意

无心，亦无悔
不去计算树叶的数量
而用树皮，吞下创伤

渴求天空的躯干
宇宙庞大的手势
穿越它全部的孤独

La corde de l'arbre

Nous sommes faits à l'image des arbres
mais moins vaillants qu'eux hélas :
eux naissent debout
et ne se couchent que sous des vents de fin du monde

l'attente immobile de rien les justifie
ils ignorent l'ennui cette maladie d'homme

ils aiment nécessairement ce qui vient à eux
de la terre obscure et profonde
ils font vertu de feuilles de fleurs et de fruits
un soleil comme une pluie les contente
un vol de passereaux les couronne

un arbre comme un homme frissonne
sous le baiser du ciel
mais il n'a nul besoin de la fable d'un dieu
pour en tirer la force qui l'élève

ô l'arbre qui boit le soleil puis la neige
qui dans l'orage échevelé se dresse face à l'éclair
il est l'obstination verticale
qui humilie l'homme au front baissé devant la mort

arbre muet en quoi le monde chante
libre contre son destin

parce qu'impavide ouvert à ce qui n'a pas de fin
dévorant l'espace

arbre dont l'insouciance fait signe dans le velours du soir
aux amants esseulés
aux animaux errants et aux âmes perdues

chose sans intention ni regret
qui ne compte pas ses feuilles
et dont l'écorce avale les blessures

corps affamé de ciel
solitude toute traversée
par la grande geste de l'univers

寂静之弦

我记得，你们或许，也会记得，
当没有风时，
有种神秘的律动，如树叶在
颤动

难道是那颗心，在沉默的事物间跳动，
在石头间，在木头里，在光线中，
透过肌肤，听到的声音，
犹如温润的雪，飘临我们的额头，
正是我们通常称作的寂静？

噢，世界的寂静，
恍若一种遥远的欢乐
曾遗失了
再来伴我们左右吧，
噢，肉身的寂静
为灵魂，给予躯体
我们将活得糟糕
如果我们拒绝
你来亲吻
我们的双手

你有点像白昼的背面

那不是黑夜
而是一首歌的深度
噢，你会在情人们的身体里
在那如暴风雨蔓延的欢爱后，
安静的，延续在血液里，

来吧，我徒劳地尝试：
没有语言，能靠近你
但我们知道
正如我们知道，肺会自己呼吸，
我们也知道，你在我们的生命里，
是那内在的天空，
最终缺席的色彩，

科学所忽略的寂静
连爱上枝条的孩子，也会听到，
在人声的喧嚣里，寂静经过，
如游蛇，滑过草丛

但这到底是什么呢
那无忧无虑的深邃的安宁
是否如我们的身体唤作的
如同迷了路的抚摸？

La corde du silence

J'ai le souvenir comme vous avez sans doute
d'un rythme mystérieux comme feuilles qui tremblent
quand il n'y a pas de vent

n'est-ce pas ce cœur qui bat dans les choses muettes
dans la pierre dans le bois dans la lumière
et qu'on entend par la peau
qui nous vient au front comme une neige chaude
ce qu'on nomme ordinairement le silence ?

ô silence du monde
perdu comme une joie lointaine
fais-nous cortège encore
ô silence charnel
qui donne un corps à l'âme
nous aurons mal vécu
si nous refusons nos mains aux baisers que tu donnes

tu es un peu comme l'envers du jour
qui ne serait pas la nuit
mais la profondeur d'un chant
ou tu serais dans le corps des amants
après l'amour cette tempête étale
et tranquille qui dure dans le sang

allons j'essaie en vain :

nul langage ne t'approche
mais nous savons
comme nous savons que malgré nous le poumon
respire
nous savons que tu es de nos vies le ciel intérieur
l'ultime couleur absente

silence que la science ignore
mais que même l'enfant amoureux d'une branche
entend
silence qui passe dans le bruit des hommes
comme couleuvre glissant dans l'herbe

mais qu'est-ce au fond de tout
cette grande paix insoucieuse
que notre corps appelle
comme une caresse égarée ?

河流之弦

河流，在风景里，当然
是跳着美丽舞步的尤物，
额头透明，在嘴唇上，有沙砾，
也许，让我们在一旁安睡
或者，让我们再一次相拥
凭借着河水的明澈
或为我们的生命，带来
纯净又清新的意味

但知道这些，还不足以让人懂得
我们心中的惊奇，
当我们走在汩汩吟唱的河水边，

亘古以来，河流穿越我们，
一直走在我们的前面
在我们的身上，也携带着河流，
我们的脸庞，浸润在河水中，
洗净眼睛的疲劳，
擦拭思想的汗水

亘古以来，在我们的欲望中，
蛰伏着河流静静的光泽，
或撞击在石头上的

朗朗的笑声

如奥菲斯一样，让我们在每天的消亡里，
领会河流的秘密：
我们的胳臂，有时是缠绕的河流，
是一道风景，在我们身上，生长

在我们的回忆里，有那么多的河流
逝去，而在一个吻，或者泪水里，
又重新找到它们的源泉，

一条河流，只裹着
它的在场，不着衣，
在这其中，有它的过去，与未来同在，
未来将有的，和过去有过的，
完全都在这当下的秩序里，
它告诉人，如何在沉溺时，也快乐地活着，
在不终结的一个瞬间，生生不息

于是，我们会像河流一样，没有遗憾的放下
我们曾以为拥有的，
而在我们的双眼里，会永远携带着
我们还未能拥抱的美

La corde des rivières

Les rivières sont dans le paysage bien sûr
elles sont bien ces belles choses dansantes
au front de transparence et aux lèvres de gravier
près desquelles peut-être nous dormirons
ou nous embrasserons une fois encore
en raison même de leur clarté
ou de la pure fraîcheur qu'elles signifient dans nos vies

mais savoir cela ne suffit pas pour comprendre
l'étonnement de notre cœur
quand nous marchons au bord des eaux qui chantent

depuis toujours les rivières nous traversent
et nous devancent
nous portons en nous des rivières
où nous baignons notre visage
pour laver nos yeux de leur fatigue
et nos pensées de leur sueur

depuis toujours en nos désirs leur lumière dormante
ou leur éclat de rire contre la pierre

comprenons comme Orphée leur secret dans nos morts
quotidiennes :
nos bras parfois sont des rivières qui enlacent
et un paysage grandit en nous

nous avons tant de rivières perdues dans la mémoire
dont nous retrouvons la source dans un baiser ou dans les
larmes

une rivière n'est vêtue
que de sa présence
en cela elle est ensemble son hier et son demain
elle est ce qui est ce qui sera et ce qui a été
exactement dans cet ordre
elle dit à l'homme comment vivre heureusement noyé
dans un instant qui ne finit pas

alors nous laisserons comme rivière sans regret
ce que nous avons cru prendre
et nous emporterons à jamais dans nos yeux
la beauté que nous n'avons pu embrasser

风之弦

噢仿佛您在松弛的喉咙，吞下了
冬天的乌鸦、天空与黑夜
狂野的树叶
和我们脆弱的思想，与愿望的热情

大胆的人们会说：
你带我们去哪里，我们就会去哪里
你的双手，弄乱了我们的头发
真是幸运
你会让我们的灵魂起舞
用我们的头颅、肚子和双脚
让我们加入了鸟群的合唱
让我们将降落在一个吻的枝头
而在我们的声音里，人们将听到
翻飞的叶丛的颤栗
和我们对失恋的巨大恐惧

有洞见的人们会说：
有时候，当你们用暴力时，会刮大风，
但远远没有人那么残忍，因为
从来没有一阵风是有意为之

而智者又会说：

您只会让
认为天空是为自己而造的人们
发疯呢

诗人则总结：
在风雪交加的庇护下
您攀上了屋顶
真是做人的大好处
时而可以忘记
在他的生活之外
还有外在的世界

难道他不正是真正的诗人
在风中
在习习微风，或狂风暴雨中
找到了
他的诗歌素材

墨，只写下了他的气息
给词语，穿上隐形的衣服
反过来，又给词语解衣

La corde des vents

Ô comme vous avalez dans votre gorge dénouée
les corbeaux de l'hiver les ciels et les nuits
et les folles feuilles de l'arbre
avec nos pensées fragiles et la chaleur de nos vœux

les audacieux diront :
où vous nous mènerez nous irons
vos mains par bonheur nous décoifferont
vous ferez danser notre âme
dans notre crâne dans notre ventre et dans nos pieds
nous rejoindrons la chorale des oiseaux
nous nous poserons sur la branche d'un baiser
et l'on entendra dans notre voix
le frisson des feuilles folles
et notre très grande peur de tomber de l'amour

les clairvoyants diront :
il arrive grands vents que vous fassiez violence
mais avec infiniment moins de cruauté que l'homme car
jamais un vent ne veut ce qu'il fait

le sage ajoutera :
et vous ne rendez fou
que ceux qui croient que le ciel est né pour eux

et le poète conclura :

quand avec l'escorte des neiges et des pluies
vous rodez sur les toits
c'est grand profit pour l'homme
qui a tôt fait d'oublier qu'il y a un dehors à sa vie

ainsi n'est-il pas de vrai poète
qui n'ai trouvé dans les vents
brises ou tempêtes
la matière de ses poèmes

l'encre n'écrit que son souffle
les mots habillent un invisible
qui en retour les déshabille

时间之弦

每一个种树的时刻
忠诚地，面向爱的必然
比生活，更长久

每一秒
在其上，承载着
渴望的一整片海
或者一座山
抵得上永恒

如果时间是一个圆圈
我们的每一刻，都在
它的中央
时而如黑夜的滚石
时而如夏日里，淡蓝的香氛

什么都没发生
什么都不让步
什么都不等待
当我们拥抱时
在怀抱的时光中
有片温柔的地带
在喘息的十字路口

与周遭的一切
融为一体
在瞬间的强度里
翩然起舞
苦行僧的舞蹈
带着晕眩

于是，死亡，不存在了
出了圆圈之外
甚至连
在回忆里流浪的一只母狼
也消失了
因为既没有之前，
也没有之后，
在闪电的中央

啊，从钟表的时间里，释放
我们自身吧，没有了脸孔，
也没有了爱情，
有一段时间，没有大腿、嘴巴、胸部，
如同子弹的轨迹一样，
笔直而冰冷，
用理性的手枪发射

只有一种丈量：抚摸，
会在一秒里，环游世界
让彼此心心相认

让我们的心跳
化为一片欢笑，
在嘴唇上，放上一丛叶片，
而鸟儿的歌声，从那里，
袅袅地升起

La corde du temps

Toute heure plantée d'arbres
et loyale envers les nécessités de l'amour
est plus longue que la vie

toute seconde
qui porte en elle la mer entière
ou une montagne désirée
vaut une éternité

si le temps est un cercle
chaque instant de nous en est le centre
tantôt roc de nuit
tantôt léger parfum de bleu dans l'été

rien ne passe
rien ne cède
rien ne s'attend
quand on étreint
dans l'étreinte qui fait du temps
un lieu tendre
au carrefour des souffles
uni à tout ce qui l'entoure
danse dans la densité de l'instant
danse de derviche
vertige

la mort alors n'existe pas
elle est hors du cercle
pas même une louve errant dans la mémoire
car il n'y a ni avant ni après
au centre de l'éclair

ah délivrez-vous du temps des horloges
sans visage et sans amour
un temps sans cuisse sans bouche et sans poitrine
droit net et froid comme le trajet de la balle
tirée par le pistolet de la raison

une seule mesure : la caresse
qui fait à la seconde le tour du monde
qui fait qu'on se connaît un cœur
qui fait du battement de nos cœurs un rire
et met aux lèvres un feuillage
d'où se lève l'oiseau du chant

阴影之弦

我想告诉您，如同也和一株草讲讲，
什么是阴影，
它不是光的死亡，不是的，
既是光的背面，也是光的休憩

阴影，并不是所谓的如影随形
而将人延展
是他的身躯、姿势和欲望
在他自身之外，延续，
如同话语、笑声或哽咽

阴影会说：我是坦承的秘密，
但始终是秘密，
因为我不会背叛

因而，万物在其影子里延存
影子是其秘密的形态

影子说：我是秘密，会坦承，却仍是秘密
因为我不背叛

最常见的影子，静止不动，
含蓄的，守护着

迷失的思想

如果在世界中，到处都有
尖叫和歌唱
而阴影，默默静敛，
也许甚至，它就是色彩，
当寂静，从枝条上
或从肩膀上，坠落时

当阴影笼罩了溪流、街道、情人们的誓言
他们会受惊，忽有窃窃的私语，
只不过是远处的竖琴声

噢，给那不受世人爱戴的影子
赋予公正吧，
那无限的细腻，
不会沉重，也从不会
割断、折损、侵蚀

噢，你是那在场在地面上蜕下的外壳，
我们爱你，你是众生和万物那轻盈的部分，
如同我们爱那接吻的回声，却不用
给它们做葬礼

阴影，向你致敬
不会包含在死亡里的同伴
你是所有活生生的万物
沉默而温柔、含蓄的朋友

La corde de l'ombre

Je voudrai vous parler comme on parle à un brin d'herbe
de l'ombre
qui n'est pas la mordet la lumière non
mais ensemble son revers et son repos

l'ombre ne suit pas comme on dit son homme
elle le prolonge
elle est son corps son geste et son désir
continués hors de lui
comme la parole le rire ou le sanglot

ainsi toute chose se survit dans son ombre
elle est la forme de son secret

l'ombre dit : je suis le secret qui s'avoue mais demeure secret
car je ne trahis pas

l'ombre le plus souvent se tient immobile
gardienne discrète d'une pensée perdue

s'il y a partout dans le monde des cris et des chants
l'ombre en elle-même est silence
peut-être en est-elle même la couleur
quand il vient le silence à tomber de la branche
ou de l'épaule

quand l'ombre couvre un ruisseau une rue le serment des amants
intimidés ils se font murmures soudainement
et ne sont plus que le son d'une harpe lointaine

ô justice donc pour l'ombre la mal aimée
délicatesse infinie qui ne pèse pas
ni ne coupe ni ne brise ni n'érode jamais

ô mue laissée au sol de la présence
nous t'aimerons part légère des êtres et des choses
comme nous aimons sans deuil l'écho de nos baisers donnés

salut à toi ombre
compagne non incluse dans la mort
pudique amie et muette et tendre
de toutes choses vivantes

II

从墓中，站起来吧

"那个人，无论是谁，
假如生命和他的气息
没有同样的年纪，
只会有心灵的死亡"

梭罗
《自画像》
选自蒂耶·吉利波夫的法译本，摆渡人出版社

Levez-vous du tombeau

Cet homme, quel qu'il soit,
dont la vie n'a pas le même âge
que son souffle
ne vit qu'une mort morale.

H. D. Thoreau
Portrait de moi-même
trad. Th. Gillyboeuf
éd. Le Passeur

一切在用金子般的声音，呼唤我们，
（用笑声的颜色，
用秋天镀彩的树木）
醉心于阳光的嘴唇
讲出了最简单的词语
正是光之箭，
穿过言语的浓厚夜幕

噢，我们有时候会听见
放下了日常的工具
和冰冷的手中的必需品，
如在海浪的震碎处
聆听如歌如泣的乐句一样
我们惊呆了

或如一个生病的人
在床榻上，聆听
一只鸟的翅膀的颤动
在打结的心上
归还轻盈，噢
又脆弱的尺度
但脆弱的，是新生的青草
推开了冬天

您曾在三重塔的梦里
蒙恩酣睡，
双耳，只是

为了听到囚禁中的热血沸腾，
双眼，荒诞地
只看见自己的眼皮，
您还记得黎明的访客们吗
那些在权力和
欺骗的游戏里的大输家
却是会带来
歌唱与晕眩的
浑身发光的王子们

某一天，就一天，就一小时，
从墓中，站起来吧，
与他们一起，
欣喜而跃，
御风而行

Tout ce qui nous appelle d'une voix d'or
(de la couleur du rire
et des arbres rouillés par l'automne)
bouches éprises de soleil
d'où venus les mots les plus simples
sont flèches de lumière
dans la nuit épaisse du langage

ô cela entendons-le parfois
lâchant les outils quotidiens
et les nécessités aux mains de glace
comme on entend stupéfaits le phrasé d'un chant
où la vague se brise

ou comme un malade dans son lit entend
le froissement d'aile d'un oiseau
qui rend au cœur noué
sa mesure légère ô fragile
mais fragile est l'herbe nouvelle
qui repousse l'hiver

vous de grâce qui dormez
dans un sommeil à triple tours
qui n'avez plus d'oreille
que pour votre sang captif
et dont les yeux absurdement ne voient
que leurs paupières
souvenez- vous des visiteurs de l'aube
les grands perdants du jeu de dupes
des pouvoirs

mais princes lumineux
du chant et du vertige

un jour rien qu'un jour une heure seulement
levez-vous du tombeau
et avec eux
dans une joie brutale
chevauchez les vents

他们问道：

我们如何在路上，识别美？

他说：

任何美，皆有

它所揭示的奥秘的形态

就像裙衫与着衣的身体结合的一样

万物的神秘，持续常在，

他总是忧心忡忡，

这就是为什么，所有的美，都是不安分的

他们继续问道：

您讲的，是哪种神秘呢？

他说：

有些像在夏天，忽然渴望下雪，

或初吻的难忘滋味

有一个人回应：

但这些，都是太人性化的神秘，

幸而，美，比人类更辽阔，

他说：

难道花朵从不渴望在夏天下雪吗？

难道石头没有记忆吗？

另一个人反驳：

但是，美并不是一种情感！

他说：

但是，情感，不是你想的那样，
您称作情绪的那种无声的涌动，
首先在万物之中，

他们笑了：
您怎么会知道这种事？

他说：
我什么都不知道
但我只是芸芸众生之一

Ils ont demandé :

à quoi reconnaîtrons-nous la beauté sur les chemins ?

il a dit :

toute beauté a la forme

du mystère qu'elle énonce

comme la robe épouse le corps qui vit en elle

or si constant soit le mystère en tout

il est toujours inquiet

voilà pourquoi toute beauté est inquiète

ils ont demandé encore :

de quelle sorte de mystère parlez-vous ?

il a dit :

quelque chose comme un soudain désir de neige dans l'été

ou la saveur sans oubli du premier baiser

l'un a répondu :

mais ce sont là des mystères trop humains

la beauté par bonheur est plus vaste que l'homme

il a dit :

la fleur n'a-t-elle jamais de désir de neige en été ?

les pierres sont-elles sans mémoire ?

un autre a rétorqué :

mais la beauté n'est pas un sentiment !

il a dit :

mais le sentiment n'est pas ce que vous croyez

ce jaillissement muet que vous appelez émotion

il est d'abord dans les choses

ils ont ri :

comment savez-vous une chose pareille ?

il a dit :

je ne sais rien

mais je suis une chose comme une autre

让我们为一种道德，打赌吧：
朝向火，
岩石和高度的反叛

它的原则会是：
自由（却是被征服）
允许（却不会跪下）
它的途径：
用任何的手势，只要不是冰冷的手，
它的目的：
虽然不认识彼此
却昵称"你"的快乐

它将指引我们的脚步，但就像欲望一样
从不知足

它就像一阵狂风一样，显而易见，
震撼你的思维
让欢声笑语洒落，
却像一阵狂风
既没有守门人，也没有信徒

它禁止任何对死亡的屈服，
（懦弱，也是死亡），
它不会指明任何的路径
而行走，却是一种精神上的责任，
朝向宇宙万物，

无论如何，有一种放肆的饥渴，

一种道德，没有公理
在灵魂中升起的无限的爱，除外

恰恰只有火的公理

Parions pour une morale de feu
de rocailles de hautes révoltes

son principe serait :
liberté (mais conquise)
acquiescement (sans genoux)
son moyen :
tout geste qui n'a pas les mains froides
son but :
la joie qui tutoie sans connaître

elle guiderait nos pas mais comme fait un désir
sans satisfaction possible

elle aurait pour tous l'évidence d'une bourrasque
celle qui secoue la pensée
pour qu'en tombent des rires
mais comme une bourrasque
elle n'aurait ni gardiens ni croyants

elle interdirait toute soumission à la mort
(la lâcheté aussi est une mort)
elle n'indiquerait aucun chemin
mais de cheminer ferait un devoir en esprit
elle serait une soif et une faim insolentes
du grand tout
quoiqu'il en soit de ses lèpres

une morale sans axiomes
hors celui de l'amour infini qui monte dans l'âme

axiome justement du feu

箴言：
收回所有的视域
寻觅蓝中之蓝
如克莱因一样
但也寻觅
思想中的思想
光线下的明晰

还有更多：
在没有快乐的地方，找快乐
而不是
从眼中和口中淌出的快乐
而是
在指缝间，如同
被海水磨蚀的鹅卵石
屈膝捡回来的鹅卵石
蕴含着大海

而后：
迈开脚步
走向美，那么高端，
却又，近在咫尺
内在的高峰
发自内心的爱
在可能的每个瞬间
因为所有的目光、手势、新鲜感
都是突然而至的理由

只要我们能勇敢前行
在空气充足的道路上

Préceptes :

reculer en soi tous les horizons

chercher le bleu dans le bleu

comme Klein

mais aussi

la pensée dans la pensée

une clarté sous la lumière

plus encore :

trouver la joie où elle n'est pas

non pas la joie

qui tombe des yeux et de la bouche

celle-là plutôt

qui est comme sous les doigts

un galet longuement usé par la mer

galet qu'on a ramassé à genoux

et qui contient la mer

et puis :

ouvrir le pas

vers des beautés très hautes

et cependant très proches

sommets levés en soi

intérieurement aimés

à chaque instant possibles

car tout regard tout geste toute fraîcheur

en sont soudain la cause

pourvu qu'on aille audacieux

sur les routes

dans l'abondance de l'air

致安德烈·维尔泰

那个人，能听见
在树皮下的吟唱
他会懂得
与石头的沉默交谈
在沙漠中，找到充实，
用双手和双脚，去领会，
他会懂得，如何
从泥土湿润的气息里和
一只鸟儿的叹息里，
去学习，

他很严肃地
丈量自己的生命
穿越湍流
从雪中的风铃
到湖中的棺木

那个人，像奥菲斯
战胜愤怒
和铁铸的激情
他不听命于任何人，
唯一的法则，就是
用镀金的薄雾
编织存在
也在暮色的时分，

点缀山岗的前额，

在色彩的喜悦里，
用蜜蜂的嗡嗡声，
和人类的哀怨声，
从夜风中，升起
慈悲的法则

但有一天，他不得不像奥菲斯一样
下降到冥界，
去理解他所爱的人
却失去了她，
再返回时，一度漂泊在
对于他的脖颈
显得太沉重的天空下

在他身上，认出了孤独
充满了没有理由的爱
对一切生命的大爱

最终，用这一切，他用他的竖琴，
造就了诗歌，
走出枯死的沼泽
和闪闪发光的群山

à André Velter

Celui qui entend un chant sous l'écorce des arbres
qui sait converser avec le silence des pierres
et trouve plénitude dans un désert
celui qui comprend par les mains et les pieds
et sait apprendre ce qu'il faut apprendre
de l'odeur mouillée de la terre et du soupir d'un oiseau

qui très sérieusement
prend mesure de sa vie
en parcourant le torrent
depuis le carillon des neiges
jusqu'au cercueil du lac

celui-là comme Orphée
est vainqueur des colères
et des passions de fer
il ne reçoit d'ordre de quiconque
il n'a de loi que celle qui tisse l'existence
à la brume dorée
qui orne le soir le front des collines
au bourdonnement d'abeille dans la joie des couleurs
et à la plainte humaine
qui monte des vents dans la nuit
loi de compassion

mais il lui aura fallu un jour comme Orphée

descendre aux Enfers
pour comprendre ce qu'il aime
l'avoir perdu
être revenu errant
sous un ciel trop lourd pour sa nuque

et avoir reconnu en lui une solitude
peuplée d'un amour sans raison
pour tout ce qui vit

de tout cela enfin avoir fait pour sa lyre
un chant de marais morts
et de montagnes étincelantes

寻觅思想，
在思想的疆域之外
在那里，她，未着衣，
赤脚，走在荆棘、报春花、溪流与石岫间，
（而双脚在流血）
这正所谓，诗歌何为，

在边界之前，
思念从身体中诞生，而
在超出之外，忘怀了它，
她是在万物之间的一具躯体，
会敏感于青草与苦痛的肉身，
她透过肌肤，懂得谜底，
如同孩童，把它构想成言语，
透过沉浸，通过运用，

或如火焰，
通过吞噬木头
去构想它

那一个人靠拢
当另一个远离时
那一个人在我们的气息中延续，
正如路上的泥土，在行路人的心中，
当另一个，从我们的呼吸中逃走，
去到空气纯净处，消失了，
因为那里，没有了口舌，

思念，超出在思维之外，
在越过意图之外，去拥抱，
她穿越了沙漠，
她渴求男人，示意，
和红尘的喧嚣

牵连生命的思念
爱着弄乱的床单
窗外树木的气味

她孤自渴望
她孤自期愿

Trouver de la pensée
au-delà des frontières de la pensée
là ou dévêtue
elle va pieds nus parmi les ronces les primevères les
ruisseaux et la pierraille
(et ses pieds saignent)
c'est à quoi sert la poésie

avant la frontière
la pensée naît du corps et l'oublie
au-delà
elle est un corps parmi les choses
chair sensible à l'herbe et à la douleur
elle comprend l'énigme par la peau
et la conçoit comme l'enfant le langage
par immersion et par l'usage

ou comme la flamme conçoit le bois
en l'avalant

celle-là rejoint
quand l'autre s'éloigne
celle-là se prolonge dans notre souffle
telle la terre du chemin dans celui du marcheur
quand l'autre fuit notre haleine
et s'absente où l'air est pur
parce qu'il n'y a plus de bouche

la pensée au-delà de la pensée
est une étreinte qui a franchi son intention

elle a traversé le désert

elle a soif de l'homme du geste du bruit du monde

pensée compromise avec la vie

qui aime les draps défaits

et l'odeur des arbres dans la fenêtre

elle seule désire

elle seule espère

噢，门窗，是我们的保障！
有孔隙的断层和裂缝，
经由门窗，来到我们的身边，
夜晚的双手清凉，
驾驭十六种风之神灵
天上的星辰，有如蝴蝶
丛林深处的嘈杂，
光的地震，
和人类的喧嚣

让我们摆脱自我

窗，向我们张开双臂
那些畏惧一切的人
害怕冷霜中的胡蜂
和争掠羊毛的鸟群

为我们，打开你们眼皮的门，
让天空，为我们重新涂绘墙，
狗进来，舔我们的手，
让鸟儿，在我们的头发上筑巢
我们从外面，听到醉汉的歌声
瓦匠之歌，和老妇之歌，

为我们，摆脱阴影，

它是舒展的空间

拓展内在的白昼，
朝外去吧，
越来越远，从不足够，
从边缘，用尽解数，
躯体的喧哗，
思想的延宕，
采摘形形色色的亲吻，
失眠、热酒、暴风雨

通过门和窗
缝隙 孔隙 甚至裂缝
但在外面
灵魂相拥的殷勤之手

Ö portes et fenêtres vous nos sauvegardes !
failles et fissures trouées
par vous que viennent jusqu'à nous
la nuit aux mains fraîches
le dieu aux seize vents
les étoiles papillons du ciel
la rumeur des bois profonds
le séisme de la lumière
et la clameur humaine

pour nous délier de nous-mêmes

fenêtres ouvrez les bras pour nous
qui avons peur de tout
des guêpes du gel
et des oiseaux pilleurs de laine

portes ouvrez pour nous votre paupière
que le ciel repeigne nos murs
que les chiens entrent pour nous lécher les mains
que de nos cheveux des oiseaux fassent leur nid
que du dehors montent à nous la chanson de l'ivrogne
la chanson du maçon et la chanson des vieilles

pour nous déprendre de notre ombre

il s'agit de déplier l'espace
d'élargir le jour dedans
d'aller outre
plus loin plus loin jamais assez

par tous les moyens du bord
randam du corps
plongée de la pensée
cueillaisons baisers de toute sorte
insomnies vins chauds des orages

par portes et fenêtres
fentes trous crevasses même
mais dehors
âme étreinte mains attentives

听说，冬风吹遍了整个世界
灵魂，如水面结冰，

不难理解个中的缘由，
你能想象波浪冲出海面的场景吗？
那就是被从梦境中放逐的人

但如果思想不是源于梦想，
我们的脚步，与天空交汇
我们在星辰的印记下的姿态
激起篝火，照亮黑夜，
目光，居住在无凭据的春天里，
徘徊的思绪，
把寒冷的阴影，投向万物，

在沙漠中，谈论哲学吧，
你会听到，蛇和石头的笑声，
却有几人，酣醉在帐中，
聆听黑夜的使者之歌吧
或用椰枣和蜂蜜，一起分享，
在死亡的正中央，
达维奇献给忠贞爱情的诗
你就会明白，什么是永恒，
为人类在沙漠中的脚步开脱

在世界上，有一颗缺失的心
当歌声缄默，

我们把自己交给可悲的力量

扼杀他们所接触到的一切

马的汗毛，

迎风打结，

也比我们的姿态最细微处，

更有灵性，

人的灵魂，用欢乐

痛苦的回响

只在朝向未定之美的冲动里，

非思想所知

Il souffle un vent d'hiver dit-on sur le monde
les âmes comme une eau sont prises par le gel

il est aisé d'en comprendre la raison
peut-on imaginer des vagues disjointes de la mer ?
et voici l'homme pourtant exilé de son rêve

or si la pensée ne naît pas du rêve
où nos pas voisinent avec le ciel
où nos gestes sous le sceau des étoiles
suscitent dans la nuit des feux qui l'éclairent
où le regard habite un printemps sans preuves
alors la pensée errante
jette sur les choses une ombre froide

philosophez sur le vide dans un désert
vous entendrez rire les serpents et les pierres
mais à quelques uns ivres sous la tente
écoutez le chant du Porteur-de-la-Nuit
ou partagez avec les dattes et le miel
au plein centre de la mort
le poème de Darwich à l'amour intègre
et vous comprendrez ce qui sans âge
justifie le pas de l'homme dans le désert

il y a un cœur absent dans le monde
quand le chant se tarit
nous nous adonnons à des puissances tristes
qui tuent tout ce qu'elles touchent
et il y a plus d'âme dans la crinière d'un cheval

nouée au vent
que dans le moindre de nos gestes

il n'y a d'âme en l'homme et de joie
contre-écho de ses douleurs
que dans l'élan vers d'indécises beautés
que la pensée ignore

似乎，我们最糟糕的梦想
也从梦中坠落
到我们的手中，
而我们的双手，现在成了有罪的工具，

没有命定，
没有诅咒，
梦想和双手，确实是我们的

人同此心，梦同此理，
从最源头处，
如腹中的饥饿，
与牙齿，一起生长出，
对死亡的恐惧

我们走过百年，
每时每刻，都有涂上新粉的想法，
却被无形的绳索，牵引着，
我们最古老的梦想
如春雪般，令人激动的愿望，
如同它死了，却不断复活

如同树木，先有叶，后有果
梦想，须由我们来实现，
但如果意识不是
创造果实的汁液，
我们的杀戮之手

会在白昼里，制造黑夜，

在我们当中，唯有诗人
只做过
未竟的梦想的梦，
为人类，给出好的尺度，

他们说，赞美那未完成，
让饥饿始终在，梦想得以生动，
拒绝病态的餍足

赞美永远的未完成
人的梦想膨胀，
依循宇宙的节奏

没有手，能把握，
能拯救它，
拯救我们

On dirait que les plus mauvais de nos rêves
sont tombés de nos rêves
dans nos mains
et nos mains désormais en sont l'outil capable

nulle fatalité
nulle malédiction
les rêves et les mains étaient bien les nôtres

les mêmes rêves les mêmes sont en l'homme
depuis le commencement
comme furent la faim du ventre
et la peur de la mort qui pousse avec les dents

nous avons tant marché dans les siècles
la pensée à chaque instant poudrée de neuf
et cependant tenue par la laisse invisible
des plus anciens de nos rêves
vœux émouvants comme une neige de printemps
et comme elle mort-nés

comme à l'arbre viennent les feuilles avant le fruit
il faut bien que nous viennent des rêves
mais si la conscience n'est pas la sève
qui en fait le fruit
nos mains meurtrières
font dans le jour la nuit

seuls parmi nous les poètes
qui n'ont jamais rêvé

que de l'inachèvement du rêve
donnent la bonne mesure à l'homme

loué disent-ils soit l'inachèvement
qui garde la faim intacte et le rêve vivant
et récuse les satiétés morbides

loué soit l'inachevé perpétuel
rêve d'homme en expansion
selon le rythme de l'univers

qu'aucune main ne puisse s'en saisir
le sauve
et nous sauve

弗里德里希，我们还能听到吗，诗人们
像你一样，在山脊上，行走，
用他们无边无际的语言，言说着，重复着，
没有了边界？

有一天，一切会像河流一样，决口，
在这一步里，还有下一步，
在这口气里，还有下一口，
而在思想中，总有未知，在变形，

到敞开的空地，来吧，朋友！你曾说
他们，什么也看不见，只看到一堵堵影壁
啊，如果你知道，如今的人类是怎样的
用在雾气弥漫中的目光
持守在狭路上，
甚至修建一堵又一堵墙
虚幻的诱惑，将他封锁
如同他在心中，拒绝远方

他会走，会飞，会跑，是的
但他的欲望，却可怕地，在停泊
啊，他还是一如既往地，封闭！
当他只要自己拥有的东西
他不再懂得，坚持，也意味着放弃，

一个时代，如有太多的金色姿态

当树木的枝条，过于繁茂
汁液，会流散
当一个，人有了太多的手，
灵魂会缺失

弗里德里希，让我们，和你一起期待吧，
用纯粹的反叛，
让我们走得更远，驱逐阴影，
让每一个创造生活的人，与我们同行，
在每一刻里，攀登，趋向光明

Entendra-t-on jamais Friedrich les poètes
qui marchent comme toi aux crêtes
disant et redisant dans leur langue sans limites
qu'il n'y a pas de limites ?

que tout un jour comme une rivière se déborde
qu'il y a un autre pas dans le pas
un autre souffle dans le souffle
et dans la pensée toujours l'inconnu qui la métamorphose

Viens dans l'ouvert, ami ! disais-tu
à qui ne voyait autour que des murs d'ombre
ah si tu savais comme aujourd'hui l'homme
le regard bu par le brouillard
se tient dans l'étroit
et même bâtissant mur après mur
les leurres qui l'enferment
comme il récuse en son cœur les lointains

il marche il vole il court oui
mais son désir terriblement est à l'ancre
ah comme jamais l'homme est clos !
il n'en veut qu'à ce qui se possède
il ne sait plus que tenir c'est renoncer

l'époque a trop de gestes or
quand l'arbre a trop de branches
la sève s'y égare
quand l'homme a trop de mains
l'âme y manque

espérons avec toi Friedrich

en des révoltes pures

passons outre forçant les ombres

et que vienne avec nous tout homme ouvrier de la vie

gravir l'instant vers la lumière

我们渴求，我告诉你，我们渴求，
有足够的泪水，来止渴！
如果只饮下泪，明日，还会再流泪，

我们的渴求，无药可救
因为正是人类的唯一理由
难道我们会要没有翅膀的鸟儿
或者没有音乐的歌唱？

如同花朵，渴求蜜蜂
双脚，渴求走路
午夜，渴求清晨
我们当然会有渴求
我们可谓，正是我们的渴求

你知道，我说的是，
没有嘴巴的渴求，
是那往前进的死亡的另一面，
在确信的金光之下，
它自足，丰盈，

放弃渴求的人，死亡，会让他跪在地上

但谁能舒展身体
如朝向火光，探去双手，
敞开灵魂
如渴望的嘴唇，饮下甘泉，

他往前走时，被穿越，
肌肤裸露，如河流的肌肤，
在一次亲吻中，从天降临的伴侣

谁渴了，我想说，让我们前行吧，
带着生命，
呐喊和光，
鸟儿般飞翔的姿态，
夜幕降临，包裹着他，
与星星，灼热的树木，

那个人，在死前，永生，
畅饮天下
如青春的美酒

Nous avons soif je vous dis nous avons soif
et assez des larmes pour l'étancher la soif !
qui boit ses larmes les repleurera demain

notre soif est d'une sorte qui n'a pas de remèdes
puisqu'elle est la seule cause de l'homme
voudrait-on des oiseaux sans ailes
ou du chant sans musique ?

comme la fleur a soif d'abeilles
le pied du pas
minuit du matin
nous avons soif par nécessité
nous sommes autant dire notre soif

je parle vous le savez d'une soif sans bouche
qui est l'envers de la mort qui avance
pleine d'elle-même sous l'or des certitudes

qui renonce à sa soif la mort l'assoit sur ses genoux

mais qui tend son corps
comme une main offerte au feu
qui s'ouvre l'âme
comme avides les lèvres à la fontaine
celui qui va traversé
peau nue comme peau de rivière
et compagnon du ciel venu dans un baiser

qui a soif allons de vie je veux dire

du cri de la lumière
du geste qui vole à l'oiseau son vol
des nuits ramenées sur lui comme un drap
avec les étoiles et les arbres enfiévrés

celui-là éternel avant la mort
boit le monde
comme un vin de jouvence

经过道路和山顶，噢，愿它赐予我们
生的感觉，
经过下雨的日子，湿了肌肤，
经过清冷的孤独，
如同在光线里，共享面包

如同在嘴唇上，懂得果实的真相一样
所有知识，都是一种味道

你啊，用手抱树的孩子，
和你，一个老人，你太像
你走过的碾碎的石子路
你们比任何人，都更懂生活

夜色，降临到我们的门前
鸟儿在天空中，歌唱
胜过警句，
或那用影子织就的语言
让我们了解现实

噢，你多么巧妙地，与事物交流
并领会它们的举动
教给我们
仿佛我们身上的事物，都有名字
唯以它们的姿态，才能真正为之命名
于是，窗外的光线，自然跃入眼帘
仿佛为等待而设的桌子

夕阳照暖屋子
朝向夜色倾斜

如此，树木葱茏、枝叶繁茂
用以象征生命

噢，静默的事物
让我们，以坦然的姿态
栖居，在生命里，

至于敏感兮兮
不需要理由
也不必提防

Ô par les routes et les cimes qu'il nous soit donné
le sentiment de vivre
et par le jour qui pleut sur la peau
et par les solitudes froides
autant que par le pain partagé du soleil

et comme le savoir en vérité des lèvres sur le fruit
que tout savoir nous soit saveur

toi enfant qui tiens un arbre par la main
et toi vieillard qui tant ressemble
à ton chemin de pierres éboulées
vous en savez plus que quiconque sur la vie

la nuit qui monte à notre porte
et l'oiseau qui dessine son chant dans le ciel
mieux que la sentence
ou ce langage cousu d'ombre
nous instruisent de la réalité

ô comme subtilement converser avec les choses
et les comprendre dans leur geste
nous enseigne
car si les choses comme nous ont un nom
seuls leurs gestes véritablement les nomment
ainsi la fenêtre qui naturellement bondit dans la lumière
la table qu'on dirait faite pour l'attente
la maison chauffée par le soleil du soir
qui penche vers sa nuit

ainsi cette façon verte et feuillue qu'a l'arbre
de signifier la vie

ô comme les choses muettes
habitons la vie d'un geste nu
sans cause ni précaution

à fleur de peau

我们多么爱落日隐没
在屋顶上
或在傍晚，低处的阴影中
在风景的边缘处

有什么东西，在我们耳畔，轻轻地说话
它说：
你很快就会成为，在黑夜中迷失的鸟儿
那么，在那会熄灭的火光里，
去猎取美吧，去穿越黑暗，

这就是简单的一课：
陨落的光，将是升起的光
在日暮里，我们是清晨的同时代人

还有黄昏，在海面上散落的金色：
如果连最衰老的心脏
也跳动得更有力，
难道不是理念，却是理念的肉身
让浩瀚的世界，为人类所理解？

正当其时，啊，奇异的孤独
敏感的灵魂，在此结盟，
联合在四周的空气中
言说的，一切：
萤火虫明亮的颤动

蜜蜂最后的沉醉的翻飞
色彩缤纷的犹豫
和已将他们的睡梦
笼罩的薄雾

随夜幕降临，噢，天空
延展，直到天尽头，
但如果我们的心，像大地一样欢迎它
将是接纳另一种光照的地点和理由

要明白，美好的夜晚，
在悬置的时间里，是一条道路，
白昼向黑夜许可的谋划
让灵魂战胜
面向未知的恐惧，
汇拢夜色，坠入幽暗，
清晨的显明，总是对的

Nous aurons tant aimé la mort des soleils glissant
sur la pente des toits
ou parmi les ombres basses du soir
au bord des paysages

quelque chose alors doucement nous parlait à l'oreille
qui disait :
vous serez bientôt des oiseaux perdus dans la nuit
prenez donc au feu mourant
la beauté qu'il faut pour traverser le noir

voici la leçon simple :
la lumière qui tombe sera la lumière qui monte
nous sommes contemporains du matin dans le soir

et puis l'or épars du crépuscule sur la mer :
si le cœur le plus usé
en bat plus fort
n'est-ce pas que non l'idée mais sa chair
fait l'immense intelligible à l'homme ?

c'est l'heure ah étrange des solitudes
où l'âme à fleur de peau fait alliance
avec tout ce qui dans l'air s'énonce
le tremblé clair des lucioles
le dernier vol ivre de l'abeille
l'hésitation des couleurs
et la brume visage déjà de leur sommeil

tombée du jour ô ciel

qui se prolonge dans sa mort

mais qui si notre cœur comme la terre l'accueille

sera le lieu et la raison d'une lumière autre

voyez que les beaux soirs sont un chemin

dans le temps arrêté

le projet d'un jour qui consent à sa nuit

et fait l'âme franchir sa peur

de l'inconnu

pour rejoindre tombant dans l'obscur

l'évidence d'un matin qui a toujours raison

就算疲惫，我们下一回，再抱怨吧
再后面，
我们会泪流满面，
或由他人
在我们死后
代我们流泪

在等待
向我们诉求的明晰时
让我们栖居在守望里
如帆船，在风里，
我们拒绝行走
在梦想的一旁

在众多的手姿中
有一只手，落下
那是决定的手，
带你在夜里，回归自己
散落的残阳
抵御寒冷

死亡，是我们的面包：
是它，让河流，充满渴望
和歌唱，
也是在话语中的记忆

我们不要乞讨，却贪慕

不会拥有的
全部的心潮澎湃
全部的拥抱

在你喉咙里，扬起的笑声
就像薄雾中的寂静
睡在池塘边
也如同那些沉睡的果实
在情人们的嘴边

也像伸出的手
用未知的力量，将我们托起

在人面中，有未知

或有不露面的陌生人
出现在花园的色彩中
或乘马，在风中，驰骋

Nous nous plaindrons de nos fatigues une autre fois
nous pleurerons de nos larmes
plus tard
ou que d'autres pour nous le fassent
après notre mort

en attendant
la clarté nous demande
habitons notre veille
comme un voilier le vent
et refusons de marcher
à côté de nos rêves

dans la foison des gestes
il y a la main qui tombe
et la main qui décide
de ramener à soi dans la nuit
les restes d'un soleil épars
pour en couvrir le froid

la mort est notre pain :
qu'elle donne soif des rivières
et du chant
qui en est le souvenir dans la parole

ne mendions rien prenons voraces
ce qui ne se possède pas
tous les élans du cœur
toutes les étreintes
les rires qui montent dans la gorge

comme ces silences dans la brume
qui dorment sur l'étang
comme aussi bien ces fruits dormants
dans la bouche des amants

et comme la main tendue
par l'inconnu qui nous relève

l'inconnu à face d'homme

ou l'inconnu sans visage
qui paraît dans les couleurs du jardin
ou le galop d'un cheval sous le vent

别撒谎

在我们的足下，有死亡

当我们行走时

在我们手中，握着死亡

当我们相爱时

假若知道这一点

我们会走更多的路

更好地相爱

因为生命，不仅仅需要活着

精确地把握死亡

各种形态的死亡

粘在眼睑上的死亡

在心力交瘁中的白昼

遭人羞辱的喜悦

有时候，在言语上，有一种罪

在灵魂中，一再坠落的一切

让灵魂堕落

囤积过多的憎恨

幽灵们的乖张作势

在眼皮下的虚张声势

暗淡的闪电，像骨头一样，

被所有人吞噬

由于黑夜，我们

不会钻进阳光

再，再一次，再说一遍，
在我们的心中，撞击的不幸
化成内脏的一部分
输送阴影，到我们的眼中

如果我们都是在深渊中的同伴
会有两种情况，
或让自己，身陷其中
伴随着被打的狗的叫声
或在眩晕中，挺立，
苦苦追寻在天空中
倒置过来的深渊

于是，生命昂然有力
凌空起舞，发出挑战

Pas de mensonges
nous avons la mort dans nos pieds
quand nous marchons
nous avons la mort dans nos mains
quand nous aimons
et de le savoir
nous marchons plus et nous aimons mieux

car il faut pour que la vie soit plus que vivre
saisir la mort exactement
la mort dans toutes ses figures
celle qui colle les paupières et
l'épuisement du jour dans un cœur
la joie humiliée
d'être un crime parfois dans la parole
tout ce qui tombe et qui tombe dans l'âme
et fait que l'âme tombe
les haines trop bien achalandées
la gesticulation des fantômes
et leur esbroufe au ras de l'œil
éclairs fades par tous rongés comme un os

on ne mord dans le soleil qu'en raison de la nuit

encore encore le dirons-nous assez
le malheur bat dans nos poitrines
viscère comme un autre
qui pulse l'ombre dans nos yeux

or si nous sommes tous compagnons d'un abîme

de deux choses l'une
soit on s'y laisse tomber
avec des cris de chiens battus
soit on se dresse dans son vertige
cherchant éperdument l'abîme inversé du ciel

la vie alors est verticale et forte
défi dansé au-dessus du vide

有一天，走过一片杂乱无章的森林
我想说，它从人类的劳动中，解救出来，
对于行路人的脚步声，充耳不闻，
我想到，我们该用它那乱蓬蓬的方式
创造世界

噢，多幸运，乱蓬蓬
茂盛无序，桀骜不驯，
我的森林，只有树叶涌现的法则
其阴影，和荆棘的褶皱
老树桩和岩石，构成的错综复杂
在寂静中，夹杂着突如其来的歌声
在天空的闪光中，在苔藓上，沉睡着
继续活着的平静的保证

一切歪歪曲曲，却皆大欢喜
一切，在调动自由的本能
思考它的形态
用比时间更顽固的脆弱
用那些安静、缓慢
沉默的死亡
没有什么，比往高处生长的树木，更笔直
为了触摸光明

这难道不是活着的典范吗？
疯狂的想法，如同狂草，
欲望的执意，如同野蕨，

树皮的故事，无穷无尽，
无意的歌曲，空中飘散，

啊，也是含蓄的叹息，
枝条在风中呻吟
因为的确会受苦

但一切，总在静谧之下，
有新生的荆棘，
和一道在呼吸的生命，

哦，让我们创造这样一个世界，
如此忠实于：
生生之道，秘密的勇气
灵魂之叶，莽撞的新生，
在骤雨中，瑟瑟发抖，
如根茎，沉思着，梦想
直攀上那山顶

噢，不需要誓言的美丽无序啊

Marchant un jour dans une forêt mal léchée
je veux dire sauvée des travaux des hommes
et insoucieuse des bruits du marcheur
j'ai songé que nous aurions dû à sa façon hirsute
inventer le monde

ô bienheureux désordre
exubérant désordre et insolent
ma forêt n'avait pour loi que le surgissement de ses
feuilles
ses plis d'ombre et de ronces
ses lacis de souches vieilles et de roches
son silence troué de chants soudains
et dans les éclats de ciel dormant sur les mousses
la calme assurance de se survivre

tout y était joyeusement de travers
tout d'un instinct libre pensant sa forme
du fragile plus têtu que le temps
des morts tranquilles et lentes
et silencieuses
rien de droit que les arbres qui montaient
pour toucher la lumière

n'est-ce pas cela un modèle pour vivre ?
idées folles comme des herbes sont folles
désirs tenaces comme les fougères
récits d'écorce inépuisables
chants lancés pour rien dans l'air

ah bien aussi de discrets soupirs
de branches gémissant dans le vent
puisqu'il faut bien souffrir

mais toujours en tout sous l'immobile
l'épine neuve
et la vie unanime qui respire

ô faisons-nous un monde ainsi dévoué
au secret courage de vivre
aux feuillaisons impudentes de l'âme
frissonnant sous l'averse
racines pensant rêveusement la cime

ô beau désordre sans serments

你看，在我们四周的一切，
都在波动之中，
一切都在波动，我们也一样

看啊，树上的色彩如何移动，
就像天空，在我们脚下舞动，
连我们用来筑造确信的一道道墙的
石头，也转动起来

心在动
血在流
在我们的鬓角间，不同的世界
推来搡去
在冬夏之间，不计其数的光线
和夜晚

轻轻挥手，升起
百感的交集
纷乱的错误
炙热的快乐，却会很快
滑向遗忘

谁会想要那个疯子
他裹着名叫遗忘的
朴素的毯子
坐着入睡，
喊叫声，夹杂在风里

撼动着他的肩膀，说：

你起来吧，
此时此刻，我们不比其他时候更耐心，
振动你的翅膀吧，可怜的鸟儿，
甚至连山峰，也在移动，
却比死亡，更沉重

一切，在波动，
如不成文的法令，
出生时，人用手指，触摸它
谁无视它，就会像石头，一样持久
却活得，还不如石头生动

Tout remue autour de nous regardez
tout remue et en nous aussi

regardez comme bougent les couleurs dans les arbres
comme un ciel danse sous nos pas
comme même virent les pierres
dont nous avions érigé les murs en certitude

le cœur bouge
le sang court
et entre nos tempes se bousculent des mondes
hivers étés lumières sans nombre
et les nuits

le moindre geste lève
un tumulte de sentiments
et d'erreurs
et de joies chaudes aussitôt qui glissent dans l'oubli

qui voudrait le fou
se tenir en sommeil
sous la couverture naïve de l'oubli
un vent chargé de cris
le secoue aux épaules et dit :
lève-toi
cette heure pas plus qu'une autre n'a de patience
remue pauvre oiseau tes ailes
même les montagnes se déplacent
cependant plus lourdes que la mort

tout remue

c'est une loi non-écrite

que l'on touche du doigt à sa naissance

qui l'ignore durera autant que les pierres

mais moins qu'elles vivant

如同逃离的痛苦，
在尖叫声中，
如同有时候的叫喊
在两个身体相拥的山巅，
当我们随风叫喊
和它一起，驱散云彩

我们都是嗷嗷待哺的孩子
即使是哑巴，即使是石头
假如宇宙有耳朵的话
会听见世界，有如呼喊

但我说到的那声呼喊
在喘息中的，那把剑，
不是凡人的叫喊

没有痛苦的症状
也不是快乐的装饰，
我不责怪轶事，
我说的是
像花儿在香氛中的呼喊
像沙漠在寂静中的呼喊

它是刻不容缓的请求
更多的存在，还要存在，
在身体内，在身体外，存在，

它是万物一道的呼喊
一起承载着苦难与梦想
如一道涨潮，
一束火光，穿越，
在生生的绝望中的希望
在人生的巅峰

Comme de sa douleur on s'évade
dans un cri
comme il est parfois le cri
sommet de deux corps embrassés
et comme on crie avec le vent
pour avec lui chasser les nuages

nous sommes tous l'enfant d'un cri
fût-il muet fût-il de pierre
et si l'univers a une oreille
il entend le monde comme un cri

mais le cri dont je parle
cette épée dans le souffle
il n'est pas le cri qu'on croit

ni symptôme de souffrance
ni ornement d'une joie
je n'en veux pas à l'anecdote
je vous parle d'un cri qui semble
le cri de la fleur dans son parfum
le cri du désert dans son silence même

il est demande impérieuse
d'être plus d'être encore
d'être en son corps au-delà du corps

il est ce cri unanime
qui porte ensemble le malheur et le songe
un flux qui monte

un feu qui traverse
l'espoir désespéré de vivre
au sommet de la vie

去死，还是不去死
这是每一刻都在发出的问题
因为我们很擅长
活着，却似死去

当我们的城市正在高楼当中耸立
难道没有面对天空的徒然惋惜吗？
如果人们在城市里种下树木
难道不是告白？
假如没有时间可以浪费
难道不是在浪费生命吗？

只有爱的时刻，才会燃烧
不懂得这一点的人
有一次，迈越过了
在两个身体之间
火热的边界，
从而在共同的呼吸里
汇拢了，天下共有的
恢宏之大气
在枝条里，飞跃，
在胸膛里，举起白昼？

任何墙壁，如把生活隔离，
连在温暖的地方，也会死去很久，
在抽屉里搁着
道路上的尘土

清冷的黎明

在血液里流淌的自由

在阅读书籍时

你可以站着死去，成为生命的敌人，

当灵魂与心只求

感受活着的滋味

如庭园中的药草，

要在每个早晨，

冲向一片新的天空

Mourir ou ne pas mourir
telle est à chaque instant la question
puisqu'à mourir vivants nous sommes très habiles

n'est-ce pas par un vain regret du ciel
que nos villes se haussent dans leurs tours ?
si l'on y plante des arbres
n'est-ce pas un aveu ?
et n'est-ce pas perdre la vie
que de n'avoir pas de temps à perdre ?

l'heure ne brûle que si elle est d'amour
qui ne le sait
qui a franchi une fois
la lisière de feu entre deux corps
et rejoint ainsi dans un souffle partagé
le grand respir commun
 qui fait l'essor dans la branche
et le soulèvement du jour dans la poitrine ?

tout mur sépare de la vie
on peut mourir très longtemps bien au chaud
rangeant dans le tiroir
la poussière des routes
les aubes froides
la liberté qui courait dans le sang
et en lisant des livres

on peut mourir debout ennemi de sa vie
quand l'âme et le cœur ne demandent

pour s'éprouver vivants
comme les simples au jardin
que l'élan d'un ciel nouveau
chaque matin

有时候，我们的心，砰然跳动，
如在暴风雨中的枝条，
或是生活匆忙，
赶到我们的嘴边，
像太满的语句，
或是虚空，在召唤，
在光线里，凿出
焦虑的苦井

别问我们
我们都有的两种方式
哪一种在面对生命时
是对的，
我们是充实的，也是空虚的
如波涛
在无限中，转瞬翻卷，
奔涌，又消散，

色彩，噢，与痛苦，谐音 *
当我们伸出双臂
拼命搏斗
活在一片天空下
世间的重担

---

* 在法文中，色彩（couleur）与痛苦
（douleur），只有首字母不同。——译注

即刻压在了
我们的身上
凶猛的欢乐，
血腥的夜晚

我们无疑是双重的
美的正反面，
浸着泪水，歌唱
唱不完的法朵曲 *

路易 - 阿拉贡说的没错
冬天等待玫瑰的诞生，
像玫瑰一样，我们懂得等待，
在我们身上，撕碎花朵的风
经过，风，却始终没打破
火的特权，
在我们的头脑中，
火焰，在翻卷，
催我们上路，
在那些古老的死亡
崭新的一面山脊上，
在牙齿的缝间，
插着绝对的纯花

* 法朵（fado），一种忧伤的葡萄
牙民歌。——译注

Et le cœur parfois nous bat
comme une branche dans la tempête
soit c'est la vie qui se presse
à nos lèvres
comme un trop plein de phrases
soit c'est un vide qui appelle
et fore dans la lumière
un puits d'angoisse

ne nous demandons pas
lequel des deux que chacun nous sommes
est juste envers la vie
nous sommes du plein et du gouffre
comme une vague
bref ourlet dans l'infini
se lève pour se dissoudre

couleurs ô paronyme des douleurs
quand nous tendons les bras
pour vivre un ciel au corps à corps
aussitôt pèse en nous le monde
ses joies féroces ses nuits de sang

nous sommes doubles définitivement
avers envers de la beauté
larmes du chant fado sans fin

et si dit vrai Louis Aragon
que l'hiver attend la naissance des roses
sachons comme les roses pareillement attendre

le vent sur nous qui déchire les fleurs

pourtant jamais rompu
le privilège du feu
ce remuement des flammes dans nos têtes
qui nous lance sur les routes
au versant neuf des morts vieillies
fleur d'absolu entre les dents

如此充满不可抗拒的爱，
我们却为何，让自己成为了不幸的
孪生兄弟？
让稻草编造的神灵
见证了他们带给我们的厄运？

饮下海水的水手
指责他们的渴欲

啊，是的，雨帘，那么厚密，
在我们，和愿景的天空之间：
但那是，用我们的泪水
酿成的雨啊！

在古老太阳的金发下
每天，人们屠杀成千上万的躯体
亲手掐死青梅竹马的恋人
老人们的善良
扼住年轻的情人们的咽喉
每天都有新的悲剧发出
最后的呼喊
我们自己，却是作俑者

而我们，却还会面向自己死去，
因而，我们需要许多正确的愤怒
如水一样纯净，
来翻转思想的手套，

我们需要一种新的语言
撞击烦恼的大门，
穿过街头，反抗的语言

噢，玫瑰，诗歌的火焰啊，
起义的象征之花，
被歌声征服的声音
流星滑过的梦想

足够有了白色的双手
握紧没有血色的梦想的脖颈！

我们将，不得不转身，
缄默而简单地
回到热恋的芬芳中

Comment si pleins d'un amour irrépressible
nous faisons-nous toujours le jumeau de nos malheurs
prenant à témoin des dieux de paille
du mauvais sort qu'ils nous ont fait de vivre ?

marin buvant la mer
et accusant leur soif

ah oui quelle épaisseur de pluie
entre nous et le ciel de nos vœux :
mais c'est une pluie engendrée de nos larmes !

sous l'antique chevelure d'or du soleil
chaque jour nous tuons des milliers de corps
nous étranglons à main nue des douceurs d'enfance
des bontés de vieillards
et de jeunes gorges d'amants
il y a chaque jour une tragédie dernier cri
mais nous mêmes la fomentons

et nous mourons encore de mourir à nous-mêmes

il nous faudra donc beaucoup de bonne colère
nue comme l'eau
et retourner le gant de la pensée
il nous faudra un nouveau langage
qui claque les portes de l'ennui
un langage d'émeute par les rues

Ô rose-flamme du poème

fleur d'insurrection emblême
de la voix conquise par le chant
du rêve qui file les étoiles filantes

suffit d'avoir les mains blanches
à tant serrer le cou du songe exsangues !

il nous faudra tourner le dos
et revenir muets et simples
au parfum enfiévré de l'amour

经过，经过，噢、穿越，
用嘴巴，用全部的皮肤，
用灵活的脚步，
穿越街道、人群、风和太阳，
在星辰的盛宴里，庆祝的
夏天的夜晚，

在白雪的下面，睡眠的日子，
所有的挥霍，
喧嚣，骚动，
但也有孤独，
一朵花，
脆弱而纯粹的瞬间，
在眼睑上的一个吻，
用空手，
给予快乐，

在我们身上，空间
深邃，
而没有法则

更自由，
我们获得更多的拯救，
在敞开中，
当我们行走
在松弛的阳光里
在风景中

或在内心的游荡中
在梦想中
在世界之外的世界中！

噢，我们是情人，
用嘴唇，用肌肤，相亲
用在我们的怀抱中入睡的
广袤无际，
与全部的有形、无形，同在
当我们不是面对面时
却置身，在这欲望的中央，
没有狡黠，没有借口，
哪里有源头、终结，
万物，在呼吸

Parcourir parcourir ô traverser

de la bouche de toute la peau

et d'un pied agile

rues foules vents et soleils

nuits d'été en fête dans un festin d'étoiles

jours de sommeil sous la neige

toutes les profusions

les clameurs les émeutes

mais aussi les solitudes

l'instant fragile et pur

d'une fleur

d'un baiser sur la paupière

d'une main vide

qui donne joie

l'espace en nous

profond

et sans loi

plus libres

et plus sauvés de nous-mêmes

dans l'ouvert

que nous marchions dans la lumière déliée

des paysages

ou dans l'exil intérieur

des songes

outre-monde dans le monde !

ô nous soyons amants

de bouche et de peau

de l'immense qui vient dormir dans nos bras
avec tout le visible et l'invisible
quand nous sommes non en face
mais au plein centre de ce désir
sans ruses ni prétextes
qui est l'origine et la fin
la respiration de toutes choses

一切，都可采用，大胆的形式，
风的猛烈味道，
爱抚，有咏唱的活力
甚至连石头也有

让我们终于燃起热情的火，向前吧！
用拳头，
用在皮肤下，奔涌的欲望

最简单的日子
与人行道，齐平，
受伤的姿态，
在流逝的时间的力量的束缚中
人们前往那里，没有眼睛或耳朵，
在灰色的厚度中

在自己的身上，勇于发现
理念、感觉、味道，
如广袤的天空
在平坦的海上

在心里，有节奏的翅膀
让空间，更轻盈，

不要去避世，
而要朝向自己，去重生
来给予自己理由，

在这世界上，去存在

无限的大胆，
勇往直前，但对抗死亡，
怀着深情，怀着温柔，
却要像石英，一样坚硬
在棱角上，亮光闪烁

在喧嚣、疲劳和遗忘中，
去切开
通道，人们从那里穿过，
骤然，变得狂放、自由，
在自身内部，重新汇拢
浩瀚无边的
和遗失的美

让我们终于燃起热情的火，向前吧！

Tout peut avoir la forme d'une audace
le goût violent du vent
la vigueur chantante d'une caresse
même un caillou

allons enfin du feu !
de la poigne
du désir qui court sous la peau

au plus simple des jours
au ras du trottoir
des gestes blessés
dans la camisole de force des heures perdues
celles où l'on va sans yeux et sans oreilles
dans l'épaisseur du gris

oser trouver en soi
l'idée le sentiment la saveur
d'un ciel immense
sur une mer déployée

un rythme d'ailes dans le cœur
qui allège l'espace

non pas mourir au monde
mais renaître à soi-même
pour se donner raison
d'être au monde

une audace infinie

mais à contre-mort
une émotion une tendresse
mais dure comme un quartz
aux arêtes de lumière vive
qui découpe
dans le bruit la fatigue et l'oubli
l'ouverture par où l'on passe
soudain devenu sauvage et libre
pour rejoindre le grand large de soi
et des beautés perdues

allons du feu enfin !

啊，孩子们，我们如何感受
在暴风雨里，天崩地裂的时刻
感到自己，不过是
一头惊兽，
碾碎的孤独，
被整整的一夜，穿透！

但是，我们也会有这种感觉，
莫名其妙，
在饱满的日子的最前沿，
当阳光滑过我们的肩头
当流淌出歌曲的嘴唇
让我们颤抖

在一切的中央
有孤独的核心

于是努力，于是飞跃
在一切的缺席之外
朝向手势和话语的叶丛
朝向目光的庇护所
和有爱栖居的沉默
就来体验这一切

但只有不可见，是充盈的，
在一切事物，恒常而被遗忘的背面，
灵魂，却在那里止渴，

饮下比天空更深邃的神秘，在空中，
有遗失的动作，
如同另一道风景里
含蓄的温柔，

不是，为了逃避孤独，
而是，推翻孤独的墙壁，
让风来临，
与波涛的澎湃，
早晨的清晰，
人语声一起，

让一个世界，冉冉升起，
它不会终结

Ah combien l'avons-nous éprouvé enfants
aux heures d'effondrement du ciel dans l'orage
le sentiment de n'être plus
qu'un animal effaré
solitude écrasée
traversée par la nuit toute entière !

mais comme il nous vient aussi ce sentiment
inexplicablement
à la pointe des jours comblés
quand la lumière glisse à notre épaule
et que les lèvres nous tremblent
du chant qui les habite

au centre de tout
noyau de solitude

alors l'effort alors l'essor
hors l'absence de tout
vers le feuillage des gestes et des paroles
vers l'abri d'un regard
et le silence habité d'un amour
c'est vivre cela

mais seul l'invisible est plein
en toutes choses revers constant et oublié
où l'âme pourtant s'abreuverait
à un mystère plus profond qu'un ciel dans le ciel
aux mouvements perdus
comme à la douceur discrète

d'un autre paysage

non pas fuir la solitude
mais en abattre les murs
pour qu'y viennent les vents
et la clameur des vagues
et la fraîcheur des matins
avec des voix humaines

pour que s'y lève un monde
qui n'en finirait pas

生命，只能从他者中，诞生，
哪怕是对立面，
如同水，从岩石中流出，
如同鸟，从枝头诞生，
如同在绝望的理解中，获得的希望
只需用你的皮肤，来思考
来承认

有双眼，来观看
却只看见迁移，

例如
在一种爱抚或亲吻中，感染灵魂
甚或
从沉默中，言语经过，
在痛苦中，歌声旅行

如若没有在鱼群和星星之间的来回往复
就没有人性的梦想!
我们不要惊讶地看到
大海，在我们所爱的眼睛里面

移动，是人类的劳作!
因而，诗歌为人性，效力，
诗歌，将血液，融入语言

诗，移动了一切

因为，在词语之前，诗就产生，
用手与脚，
经过背面，穿越他处，
有了它的气息
有了它的节奏
有了它的肌肤
对冷热的敏感

在生命中，最有用的，振动，
那总是
在他者的太阳下

On ne naît pour la vie que de l'autre
fût-il le contraire
comme l'eau naît du rocher
comme l'oiseau de la branche
comme l'espoir d'une compréhension désespérée
il suffit de penser avec la peau
pour l'admettre

et qui a des yeux pour voir
ne voit en tout que des migrations

par exemple
pollinisation de l'âme dans une caresse ou un baiser
ou encore
passage du silence dans la parole
voyage du chant dans la douleur

sans le va et vient entre les poissons et les astres
point de songe humain !
ne nous étonnons pas de voir la mer
dans les yeux que nous aimons

déplacement métier d'homme !
ainsi la poésie ouvrière de l'humain
la poésie qui est un transfert du sang dans la langue
déplace tout
car elle se fait avant les mots
avec les pieds et avec les mains
en parcourant l'envers et l'ailleurs
d'où son souffle

d'où son rythme
d'où sa sensibilité d'épiderme
au chaud et au froid

la plus utile vibration de la vie
c'est toujours
sous le soleil de l'autre

如果是真实的人，在他的身上，难道
一切，不都是脆弱的事，
他的所有，都会死去，
为了对抗瞬间
任何喜悦，都会让他闭上眼睛
啊，要重生，他模仿花朵，
可那有多难……

或者，我将毫无愧色地
为脆弱，辩护，
让我们，与脆弱的契约
如鸟儿的飞翔，一样轻盈
那紧贴肌肤的脆弱
让思想滑向深渊
纠住自己的头发

因为脆弱，并非不自知，
如同嘴唇，走向陌生的嘴唇
她独自接纳美丽
那只是——如转瞬划过的闪电
却让那一刻，在迷失时，
高高飘扬

词语的雪，是脆弱的，
我们有海盗的梦，却用稻草编成，也是脆弱的，
秘密的爱，是脆弱的，
抹去了城市、天与地

只余下，心的跳动

一切有价值的，都是脆弱的，

但在其中，却会让人感受自身，乃至于沉醉，
感受到生命存在的力量

Tout n'est-ce pas tout en l'homme s'il est vrai
tout est affaire de fragilité
tout de lui s'en vient mourir contre l'instant
toute joie qui tombe lui ferme les paupières
et ah le renaître qu'il imite des fleurs
comme il est difficile…

or je plaiderai oui sans honte
pour la fragilité
pour que légers comme un essor d'oiseau
nous concluions un pacte avec la fragilité
celle qui tient à notre peau
celle qui fait que la pensée inclinée sur l'abîme
se retient à ses propres cheveux

car la fragilité qui ne s'ignore pas
comme des lèvres vont à des lèvres étrangères
elle seule accueille la beauté
qui n'est – brave éclair-
que ce qui tient haut l'instant dans la perte

fragile la neige des mots
fragiles nos rêves pirates mais tressés de paille
fragile le secret amour
qui efface les villes le ciel et la terre
pour n'être qu'un cœur battant

tout ce qui vaut est fragile

mais c'est là que s'éprouve jusqu'à l'ivresse
la force d'être vivant

真的要歌唱吗?
握住词语,
如迈出舞步
在语言的宽阔的地板上
揉和太阳的韵律
映亮了存在
那独眼的街道?

是的, 歌唱、跳舞,
从第一步, 到最后一步, 在阴影中
在道路上面
朝向死亡, 敞开,
如同一些莽撞的人
在结冰的海里, 畅游

歌唱吧, 不用发誓,
如同情人们的身躯
在午夜, 点燃火焰,
就打一场 必须要
打响的战斗吧

在音节中的歌声
如一阵, 微风习习,
就让树木, 枝繁叶茂,
如一个微笑, 给出面孔
一片寂静, 一片风景

歌唱，却是
逆黑夜而歌
逆死亡而歌，
像在黑夜里起身
却为了更好地
懂得光明

就像在沙漠中，
在饥渴的后面，奔跑，
去重寻，汩汩的泉水声

Vraiment chanter ?
Tenir le mot
comme un pas de danse
sur le grand parquet du langage
pétrir de soleil la cadence
pour éclairer les rues borgnes
de l'existence ?

oui chanter danser
du premier au dernier pas dans l'ombre
sur les routes mêmes
ouvertes dans la mort
comme d'autres insolents
se baignent dans la mer gelée

chanter sans promesse
comme le corps des amants
fait une flamme à minuit
telle est la lutte obligée

du chant dans la syllabe
comme un moindre vent
rend à l'arbre son feuillage
comme un sourire fait un visage
et un silence un paysage

chanter mais chanter contre
à contre-nuit
à contre-mort
comme on se lève dans la nuit

pour mieux comprendre la lumière

comme on court derrière sa soif
dans un désert
pour retrouver le bruit des sources

从来没有
不会有最后的吻
只要还有天空，
在男人们的前额上，
从来没有绝唱
只要有鲜血沸腾
在活生生的胸腔中
那么，对空气的渴望，
在思想中，
如在怀抱中，渴望海洋，
在双脚下，带着渴求，
去攀登高峰

世界将会沉落
你记得吗
世界将会沉落，人类也将随之
陷入巨大的黑色火焰中
他们将会
在他们狭窄的永恒里，
成为声音和闪光

但是
只要有微笑的地点和形状，
在人的肉身中，
或在树叶的漩涡中
或在江河的嘴唇边

只要在坐下时，还有影子，
会有用手指触摸的一个夜晚，
一朵花掠过的香味，
还有什么?
每个人惯常的约会
带着清晨的凉意
带着傍晚的疲惫
与他的死亡

只要还有
整体的呼吸
由此产生的句子的气势
鸟儿的叫声 痛苦的叫喊
如同在允诺的春天

就没有最后一次

Jamais
il n'y aura jamais de dernier baiser
tant qu'il y aura un ciel
au front des hommes
jamais de chant ultime
tant qu'il y aura pulsation de sang
dans poitrine vivante
et donc ce désir d'air
dans la pensée
ce désir d'océans dans les bras
cette faim dans le pied
de montagnes à gravir

le monde tombera
souvenez-vous
le monde tombera et l'homme avec
dans l'énorme feu noir
dont ils auront été
dans leur étroite éternité
le son et l'étincelle

mais
tant qu'il y aura le lieu et la forme d'un sourire
dans une chair humaine
ou là dans un tournis de feuilles
ou là aux lèvres des rivières
tant qu'il y aura une ombre où s'asseoir
une nuit à toucher du doigt
le parfum effleuré d'une fleur
ou quoi ?

le rendez-vous coutumier de chacun
avec le froid du matin
avec sa fatigue du soir
avec sa mort

tant qu'il y aura
une respiration entière
et ce qui en naît d'élan dans la phrase
de cris d'oiseau de douleur
comme de printemps promis

il n'y aura pas de dernière fois

我们当中，有谁不曾在某天醒来时，

放弃过自己，

起来，却为了去拒绝，

在所有被馈赠的事物当中？

如今，在白昼里，也有黑夜，

仅仅一道阴影，就会让我们受伤，

而我们，在我们的身体里，

如同在石头间的一艘小船

一举一动，都让我们，离自己越来越远

仿佛去游荡，

在陌生地的风雨中，

连出生地，都不记得

在那里，我们曾相信，唯一爱我们的声音

爱我们的声音的热力，

向我们倾倒

是什么，让我们重获新生？

那一丁点的永恒，

将河流

和茂盛的树叶

在山岗上，日暮的姐妹之光

注入灵魂

何谓重生，

在爱的时刻，有丁香的颜色？

微不足道，但是，
想到在某个地方
有世上唯一的树
正等待着我们，去拥抱它

想到，有些嘴唇
在弥留之际，
正在等待，我们的脸颊
去亲吻它

Qui de nous n'a jamais un jour au réveil
renoncé à lui-même
se levant pour le refus
parmi les choses offertes ?

il fait nuit maintenant dans le jour
une ombre seulement nous blesse
et nous sommes dans notre corps
comme une barque dans les pierres

chaque geste nous éloigne de nous-mêmes
comme on va errant
sous une pluie étrangère
sans plus même la mémoire du lieu natal
où furent croyons-nous les seules voix qui nous aimèrent
la chaleur des voix qui nous aimèrent
penchées sur nous

quoi alors nous rendra à la vie ?
à ce petit peu d'éternité
qui met dans l'âme sa rivière
et sa foison de feuilles
la clarté sœur du soir sur la colline

quoi donc pour renaître
à l'instant d'amour qui a couleur de lilas ?

un rien pourtant
la pensée que quelque part
un arbre le seul au monde

attend que nous l'embrassions
l'idée que des lèvres
dans leur dernier souffle
attendent notre joue
pour l'embrasser

勇敢地，
在誓言的天空下
用自己的光，
创造加倍的生命
在延展的脚步里
超出所有的目的

我们是否要那全部的生命
在白昼的躯体里
在树木的四肢里
头顶着火
在奔流的不知名的血液里
在无边界的疆域中，

我们是否想要呢
在怀抱中
一直坚持到底
除了有口渴时？

我们不会没有困难
我们只有
在与风联结的
手势营造的那个他处里
寻得庇护

狗儿们会咬人，那是肯定的
寒冷，会灼伤双脚，

和在我们额头上的冰冷的夜！

却还是如同
年轻的姑娘
婷婷玉立
笑靥如花

那就是我们的灵魂
会迎娶
哦，无情的温柔，
白昼的肉身
步履灵活，
往前走，
充份地向前，

用它的欲望
撕裂的明朗

Hardiment
sous le ciel assermenté
à sa seule lumière
faisons la vie double
dans un pas qui prolonge
au-delà de toute fin

la voudrons-nous entière
dans le corps du jour
aux membres d'arbres
et à la tête de feu
au sang inconnu qui court
dans l'étendue sans limite

la voudrons-nous
l'étreinte
qui vient à bout de tout
sauf de sa soif ?

nous ne serons pas sans peine
et nous n'aurons d'asile
que dans l'ailleurs d'un geste
noué au vent

les chiens mordent c'est certain
le froid brûle les pieds
et nuit solide sur nos fronts !

et pourtant
jeune femme encore

déliée par son sourire

telle serait notre âme

qui épouserait

ô d'une tendresse sans pitié

la chair du jour

et souple dans sa marche

saurait aller

suffisamment aller

aux clartés déchirantes

de son désir

III

热烈的理论

（内在的对话）

La théorie des ardents

(Dialogues intérieurs)

在多瑙河水中的希望

致拉斯洛·霍瓦特

在佩斯城和布达城之间
要经过，再经过，
滔滔厚重的多瑙河水
载着满载的古老战争
失去功效的许愿
和带着倦意的太阳
似乎曾有一群人
直不起腰
被明晃晃的光线
推搡着
正如活在奥斯威辛、比克瑙

要再经过，又经过，
在佩斯和布达之间
在如粗犷女郎的佩斯城和
如金发老妇的布达城之间
那辽阔的多瑙河
横亘在两种荣光之间
历史悠久的堡垒
严谨防范的议会
这条河，牵引着
来自乡村的脆弱的灵魂

目瞪口呆的逃亡的人群
正如活在奥斯威辛、比克瑙

在佩斯城和布达城之间
电车的缆绳
灼伤薄雾的肌肤
如同把天空纹在手腕上
留下窒息世界的密码

在用推车运蔬菜的地方
人们站在雪地里，祈祷
纵马驰骋
人们站在雪地里，厌倦了
没有前途的梦想
那是后来在
奥斯威辛、比克瑙
发生过的
而这一切，都发生在
仅有，纯粹的
清贫的风，笼罩的
大草原上

你知道的，拉斯洛，我的朋友
你，来自变化不定的郊外的诗人
用蓝色的字迹
像烟斗的烟雾，一样坚持
在过于平滑的空气里

加进一股刺鼻的匪气
你知道这一点，分裂的诗人
希望，随着回忆，翻滚
在多瑙河那浓厚的水流中
如一个窒息的泳者
在牙齿的缝间，衔着
冬日的倒影

Ce qu'il en est de l'espoir dans les eaux du Danube
(à Laszló P. Horváth)

Entre Pest et Buda
il faut que passent et passent
les eaux pesantes du Danube
avec leur charroi de vieilles guerres
de vœux hors d'usage
et de soleils recrus
on dirait un peuple d'hommes
aux dos rompus
bousculés par la lumière qui frappe
comme on vit à Auschwitz Birkenau

Il faut que repasse et passe
entre Pest et Buda
entre Pest la rugueuse et Buda vieille blonde
cette chose le Danube énorme
entre les deux vanités
la forteresse engraissée par l'histoire
le garde à vous raide du Parlement
cette chose tirant à elle
les âmes faibles des campagnes
et l'exode des foules stupéfaites
comme on vit à Auschwitz Birkenau

Entre Pest et Buda

la griffe des tramways

brûle la peau des brumes

comme pour tatouer le ciel au poignet

y laisser le chiffre d'un monde suffoqué

où l'on tirait les légumes aux charrettes

où l'on priait debout dans la neige

pour le galop d'un cheval

où l'on tenait dans la neige las

d'un rêve sans destin

ainsi qu'il arriva plus tard

à Auschwitz Birkenau

car tout se tient

sur les plaines couvertes

de la seule pauvreté des vents

Tu sais cela Laszó mon ami

toi le poète des faubourgs incertains

dont l'écriture bleue

insiste comme une fumée de pipe

accrochant à l'air trop lisse

une âcre odeur de voyou

tu sais cela poète divisé

que l'espoir roule avec la mémoire

dans les eaux pesantes du Danube

comme un nageur suffoqué

tenant entre les dents

un reflet du jour dans l'hiver

在淡江大学

致淑玲

后来，他们一言不发地，却发问
直勾勾地，盯着诗人看
面带微笑，却猛烈
在他们面前，展示了夜晚的一个片段
无形的花朵，让人目眩

他们问：我们用这个，做什么
对于茫然的我们，诗有什么用，
在红尘中寻求庇护和餐盘的人们
可以渴望
在诗歌中
找到什么收获呢
在这劳作中
能找到什么样的金子呢

是否是所谓的语言与灵魂的颠倒？
诗人无从回答
只能回答另一个问题
就像人用眼神，回应眼神一样：
在观音山上，卧着的女神像
面朝黄土，背朝苍穹，
她到底想读出什么呢

在变幻莫测的云层的后面，
进入无尽的深处吗？

在这世上，还有其他的世界，
现实灼热，密集，
如同热带的植被
其树状的渴求
释放未知的果实

想研究人类语言的人们
在言语中，成长，
并弥补不足
让人热血沸腾
必须通过语言
走那些寂静之路
不畏艰险
在苍穹之下
朝向前往未知的圣殿

诗歌，是语言的绝对之花，
诗人将其化为一门不安分的科学
唯一准确的
唯一适合
爱与死亡的艰苦职业

A l'Université de Tankang
(à Chou Ling)

Et puis ils demandèrent sans un mot
en regardant droit dans les yeux les poètes
qui violents sous leur sourire
avaient mis devant eux un fragment de la nuit
la fleur sans forme qui aveugle
ils demandèrent : que ferons-nous de cela
quel usage pour nous les incertains
qui cherchons dans le monde le gîte et le couvert
quel profit désirable
dans le poème
quel or dans ce labour
le prétendu renversement de la langue et de l'âme ?
à quoi les poètes ne répondent pas
ne peuvent répondre que par cette autre question
comme on répond à un regard par un regard :
la déesse couchée dans la montagne de Guanyin
face tournée contre un ciel tombant
que cherche-t-elle à lire
derrière la mutation constante des nuages
dans la profondeur sans fond ?

il y a d'autres mondes dans le monde
et la réalité est chaude et dense
comme les végétations tropicales
dont la soif arborescente

libère des fruits inconnus

qui veut étudier le langage des hommes

et se grandir dans le langage

et subvenir au manque

qui fait se hâter le sang dans les veines

il doit franchir dans la langue

ces chemins de silence

qui mènent contre tous les possibles

sous le ciel tombant

au temple ignoré de la parole

la poésie est la fleur absolue de la langue

dont les poètes font une science inquiète

la seule exacte

la seule propre aux durs métiers

de l'amour et de la mort

在秘密经过的地方

致洛朗·特尔齐耶夫

我们是否听到它，并不重要
它们，也有自己的声音，
石头、阴影、和窗
在欢笑与美酒散场后的饭桌

不管是怎样的道路，
却是秘密的必经之路

在这万物的声音中
男人们的声音，他们的第一个姐妹
在生活的等级中的
首要形式
从灵魂中拯救
他所不知道的

男人们的声音
作为一个寻觅自我的中心
在万物的声音中
如玻璃吹出的花朵
可见的形态，多么丰富

石头或肉身的声音，无所谓

却超出了
从地面上升起的
早晨的薄雾

我们的声音，有浓浓的夜色
你非得为此而来
比起你继续给我们的精神，要更纯粹
和为了另一种实现的梦想
让沉睡者醒来，远离了自己

当你们只如那些挥霍的镜子时
只抓住世俗虚荣的古怪的双手
然而，正是在你的身上，我们彼此相认
无限轻盈，千疮百孔，
如雪，随风落下

正是在你的身上，思想
深陷，又弯曲，
和喷泉的水一样
因为没有思想
如石头、如阴影、如窗
成为神秘声音的庇护所

那么接近童年和死亡的声音
勉强地支撑，
当它饱满而明晰时，它将自己
献给了诗歌：
呐喊与沉默

Où passent des secrets
(à Laurent Terzieff)

Peu importe qu'on l'entende
elles ont leur voix aussi
les pierres les ombres et les fenêtres
et les tables débarassées des rires et du vin

chemin qu'importe ce qu'il est
mais chemin sûr où passent des secrets

en cette voix des choses
la voix des hommes leur sœur première
forme capitale dans les hiérarchies de la vie
sauve de l'âme
ce qui lui est inconnu

voix des hommes
comme un centre qui se cherche
dans la voix des choses
comme une fleur soufflée
sur l'abondance du visible

voix de la pierre ou de la chair qu'importe
mais qui excède
brume sur le matin
élevant la terre

voix nous sommes la nuit épaisse
dont il faut bien que vous veniez
et plus pures que l'esprit vous nous continuez
ainsi que les rêves pour un autre accomplissement
éloignent le dormeur de lui-même

quand vous ne seriez que ces miroirs prodigues
main étrange qui ne saisit que la vanité du monde
c'est en vous cependant que nous nous connaissons
infiniment légers et meurtris
comme une neige couchée sous le vent

c'est en vous que la pensée
se creuse et se courbe
ainsi qu'une eau à la fontaine
car il n'est pas de pensée qui n'ait
comme la pierre l'ombre ou la fenêtre
l'abri mystérieux d'une voix

voix si proche de l'enfance et de la mort
presqu'elle tient ensemble
quand pleine et claire elle se donne au poème
le cri et son silence

从列宁格勒到彼得堡

向画家安德烈·维特罗贡斯基致敬

不，
你没有褪色，安德烈
当黎明含糊地来临时
从列宁格勒，到彼得堡
在彼得和保罗的阴影之间
在涅瓦河的唇上
有绝望的光线
你知道，该选什么

依然站立着，却俯下身，
如冬日的阳光，
在你的手势里，容纳着
心跳声
在视角的倾斜中
而疲惫的人们
嘴里含着雪
在魔鬼的眼中
在布尔加科夫的黑色的笑声中

您的画笔，安德烈，
在蓝色中，加上
不幸的信念的热度

就像盲人惊讶的手
在触摸
苦难，用赭色和灰色，
比一个春天，更感人，
褪色的风景

你的眼睛，无法预测
白昼的形状，
或者降临的黑夜的命运
波罗的海的风
是给我们的证明
沐浴在爱里的秘密
更能降服时间

胜过城堡的胸甲
天空更好地，守护它
在一棵树的树枝上
在屋顶的瓦片上
在历史上的
皑皑的白雪

De Léningrad à Petersbourg
(salut au peintre Andreï Vetrogonski)

Non

tu n'as pas perdu ta couleur Andreï

et quand l'aurore balbutie

de Leningrad à Petersbourg

entre les ombres Pierre et Paul

tu sais ce qu'il faut prendre

de sa lumière désespérée

aux lèvres de la Neva

encore debout mais penché

comme un soleil sous l'hiver

ton geste contient

le battement du cœur

dans le dévoiement des perspectives

tandis qu'un peuple hagard

mâche la neige

sous l'œil du diable

et le rire noir de Boulgakov

ton pinceau Andreï

chauffé au bleu

d'une foi malheureuse

palpant comme la main étonnée d'un aveugle

l'ocre et le gris de la misère

il émeut davantage qu'un printemps

le paysage déteint

ton œil ne prédit pas
la forme des jours
ni le destin des nuits tombées
des vents de la Baltique
il est preuve pour nous
que les secrets baignés d'amour
soumettent mieux le temps
que le plastron des forteresses
et que le ciel tient mieux
aux branches d'un arbre
et aux tuiles des toits
que la neige grasse
de l'histoire

奥赫里德湖挽歌

致乔丹·普列夫内斯

就像那些人一样
太轻信动人而贫乏的信念
把耳朵贴在了
找不见圣瑙姆的
胸口上

以为真会听到
圣人的心跳

—— 他们却只听到
自己的梦想的心 ——
于是，有一天
有个人
—— 必得是个诗人 ——
在马其顿的土地上
在奥赫里德湖上
安置了
如同给予世界的耳朵
为了让人听见
在湖水深沉的凝结中
有脉搏，在跳动，

因为一个人
若非如同乘着
游荡之舟，
在寻觅着靠岸
在千年的水边
又能做什么呢
怎样算度过一天呢
如果它不包含
在它的身后
遥远黑夜的迷茫

那盛着骸骨的双耳尖底瓮啊
又在哪里呢？

那个人，会怎样呢
他吞尽了地平线
如果他知道，他在湖上的足迹
会那么早 封存起来
在大片的阴影之中
丝毫不动
长眠于此
—— 从此成了他的命运 ——
仪式与梦境

世界，最终会怎样呢
假如没有奥赫里德湖
和它隐藏在岩洞中的修道院

清寡的希望

那里的废墟，比任何的战争，都更久远
那里的诗人们
在额头，顶着传说中的珠光
行走在回忆的长河中
赤着双脚
双手，朝向风雨
与渎神，敞开自己
惟有他们，懂得
和着隐秘的脉搏
律动的歌唱
用飓风的律法
回过头，顶撞他

Elégie au lac d'Ohrid
(à Jordan Plevnès)

Comme ceux-là trop crédules
à la foi émouvante et pauvre
posent leur oreille
sur la poitrine absente
de Saint-Naum
croyant entendre battre
le cœur du saint
- ils n'entendent battre
que le cœur de leur songe -
ainsi un jour
quelqu'un posa
sur la terre de Macédoine
- et ce fut nécessairement un poète -
le lac d'Ohrid
comme une oreille donnée au monde
pour qu'il entende
dans le ressassement profond du lac
battre son pouls

car l'homme que pourrait-il
s'il n'était porté
comme une barque hagarde
cherchant la rive
par l'eau des millénaires
et que serait la traversée du jour

.

si elle ne comprenait sous elle

la confusion des nuits lointaines

où sont les amphores avec les ossements

que serait l'homme

ce mangeur d'horizons

s'il ne savait que sa trace sur le lac

tôt refermée

ne remue rien dans la masse d'ombre

où dorment à jamais

- à jamais c'est son lot -

ses rites et ses songes

et que serait enfin le monde

sans ses lacs d'Ohrid

ses monastères cachant dans la roche

leur espérance veuve

ses ruines plus têtues qu'aucune guerre

et ses poètes

la nacre des légendes au front

marchant sur les eaux de la mémoire

à pieds nus

mains ouvertes face à l'orage

et au blasphème

eux seuls comprenant

que le chant accordé aux pulsations

secrètes

retourne contre lui

les lois de l'ouragan

献给大海归还的人

致让·马里·巴尔诺

你在寻找什么呢，老弟？
当你在阴影下，扬起白帆
推开在肩头上吹拂的风
当你带着古人般的飒爽自豪
边笑边唱，熟稔地
与在人间迷了路的
笨拙的神灵们打招呼时？

在海上的黑夜
又搅动了
他唯一的思念，
千古的风流
隐晦的指向

会是这样：
在波涛之下的虚空
当你用水手的手和灵魂
狡黠地，应对
那些无形的力量

精神驱使的空虚
——在人世间，这可怜的虚荣

谁愿看到，在寂静的深处
水花翻卷的盲目呢？

不，你是历经磨难的智者，
你知道，唯有当穿越空间时，你是快乐的，
就像尤利西斯，在橄榄树上，搭床一样，
当你的手，钻进波浪里，
有了欢喜的瞬间

也许，这就是航海，
深吸一口气
纯粹的接纳，耳朵，朝向神秘
在世界的尽头，顺应于善
将是网和绳索的
凝重的互动
让天空下的生灵
处于紧张的状态
诉说衷肠
去苦苦地哀求
羡慕自然的快乐
化为节奏，轻快，缓缓的知足

兄弟，从滚滚的波涛中，归来
当我们从诗中勾勒的死亡中，返归时
将万物从一体之中分离，无尽地重生
在日渐移动的生命的边缘

你完全存在于大海之上，
你的脚，踏进了阴影的王国，
人群，在大风雨经过时，丢失了黄金

À un que la mer a rendu
(à Jean-Marie Barnaud)

Que cherches-tu vieux frère
quand tu lèves la voile sous l'ombre
poussant le vent de l'épaule
avec l'orgueil des Anciens
qui tutoyaient d'un rire chantant
les dieux balourds égarés sur la terre ?

la nuit dans la mer ressasse
son unique pensée
qui a le goût des âges
et de leur charge obscure

ce serait donc cela :
le vide qui avance sous la vague
tandis que marin de la main et de l'âme
tu ruses avec les forces sans visage

un vide éperonné par l'esprit
- cette pauvre vanité des hommes
qui veut voir au fond des silences
et que la gerbe des eaux aveugle ?

non pas tu es sage dans l'épreuve
tu sais que seul l'espace franchi est heureux
et comme Ulysse fit un lit dans l'olivier

ta main creuse dans la vague
l'instant d'une jubilation

c'est cela naviguer peut-être
accomplir une respiration profonde
et purement accueillir oreille sur le mystère
soumis pour de bon à l'excès du monde
et ce serait ce jeu grave de toiles et de cordes
qui met l'être en tension sous le ciel
une doléance du cœur
qui voudrait tant lui le suppliant
jaloux des joies naturelles
être rythme et léger lentement s'assouvir

frère revenu ruisselant de la vague
comme on revient de la mort esquissée du poème
qui de tout sépare et fait renaître inépuisé
au bord mouvant de la vie

tu existes pleinement sur la mer
et ton pied au royaume des ombres
foule l'or perdu des franchissements de grande tempête

贝鲁特的夜歌

致阿巴斯·拜敦

在这里，大海来临，
带着它的气息，和黏稠的热度，
在城市当中，
填补一些空洞，

它为何在吟唱？
为何有些亡故的人还在吟唱，
在废墟匍匐的气味之中？

怎样的灵魂，还在守护，
当有人在
尘埃中
卷走了尸体
用袋子，收拾了尸体
挡住了
那些提问？

烈士的广场
这正是世界的中央处
苦难之门
牺牲之夜
乱石堆

人在坟墓中，找寻自我，
直至血液
如同梦魇，弥漫

残余的
不再在阳光下颤抖
承载呐喊的建筑
挺立
就像被愤怒刺破的声音

残余的
在喧哗的海底的生活
不再是神圣的夜晚
缓慢的水手们
穿过他们的梦想
也不属于那些
高处的悲剧

诸神的肌肉，在那里，得到发挥
持续还在的
城市，噢，内外翻转，劳作的
影子之城
只是饥肠辘辘
在石头间，游荡
那个穷人
崩塌的祈祷
用额头，抵在地面上

寻找他的生活
枯竭的理由

为他的肌肤
寻找一片天空
至于灵魂
属于泪水未尽的耕耘者

如同来自
一次又一次死而复生的
秘密

不是在太阳的习俗下
茉莉香的开端
而是在嘴巴里
一首诗
不妥协的
味道

Chant de nuit à Beyrouth
(à Abbas Beydoun)

La mer ici vient
avec son souffle et sa chaleur grasse
combler les trous
dans la ville

qu'est-ce qui d'elle chante
qu'est-ce qui des morts chante encore
dans l'odeur couchée de la ruine ?

quelle âme encore veille
après qu'on a roulé les corps
dans la poussière
amassé les corps comme des sacs
pour faire barrage
aux questions ?

ici place des Martyrs
c'est exactement le centre du monde
sa porte de souffrances
sa nuit sacrificielle
son gravat

l'homme se cherche jusque dans le tombeau
jusque dans le sang
répandu comme un sommeil

ce qui reste

ne tremble plus sous le soleil

architecture du cri

dressée

comme une voix trouée par la colère

ce qui reste

sous la vie sous la mer bruyante

ce ne sont plus ces nuits sacrées

où de lents marins

franchissaient leurs songes

ni de ces hautes tragédies

où s'exerçait le muscle des dieux

ce qui demeure

ville ô ville des ombres retournées labourées

rien qu'une faim errant

dans les pierres

la prière écroulée

du pauvre

qui cherche front à terre

la raison morte de sa vie

un ciel pour sa peau

et quant à l'âme

le labeur inaccompli des larmes

comme un secret issu

de la mort faite et refaite

non pas le recommencement d'un jasmin

sous les coutumes du soleil

mais la saveur

sans compromis

du poème dans la bouche

外国人

致福雷斯特·甘德

如此遥远，如此陌生，
在我们之间，甚至也没有
通常需要的词语
确保我们谈论的是
同一股风

你，在命中注定的普罗维登斯城
那个城市，必定为流浪者洗礼，
——所以，对我来说，你不住在
车水马龙的城市，
而是在一个无法安居的名字里
充满期待或极度疲惫的名字——

我，在休眠的火山口上，
在其上，欧洲，
像老农妇一样，拽紧自己的裙子

你的四周环绕着
数个世纪的森林
和渔民搅浑的大海

我，在辽阔的天空下

让你的唇边，落雪
如此遥远，如此陌生，
按年龄来看
还有运用的语言
——因为你善于运用稀罕的语句
让人望一眼
就在脑海里，浮现一片风光，
而我喝醉了，这是醉酒的告白，
用造陶土的配方——

因此，远在天涯
然而，却是幸福之谜，
忽然赐予彼此
显然心心相系

就有这样一个敏感的细节
无名，无踪，
我的诗歌，多想给它命名，
因为它无疑隐藏了部分的秘密
在泛滥的河水中，遗失的
人类的黄金
一个细节，难以表述的无形
被里尔克藏在天使的翅膀下
兰波曾在狂热中，四处寻觅

那无形，正是如同
在对立物的无限的外衣下

人类灵魂的褶皱……

Foreigners
(à Forrest Gander)

Si loin si étrangers
avec pas même entre nous
les mots de nécessité ordinaire
qui assurent qu'on parle du même vent

toi à Providence
une ville que forcément baptisèrent des errants
- ainsi pour moi tu n'habites pas
une cité de rues et d'automobiles
mais un nom inhabitable
le nom d'une attente ou d'un extrême épuisement -

moi sur la bouche morte de volcans
où l'Europe serre autour d'elle ses jupes de vieille
paysanne

toi environné
de siècles et de siècles de forêts
et de mers brassées par les pêcheurs

moi sous un de ces ciels larges
qui font venir la neige aux lèvres

si loin si étrangers
par l'âge

et dans l'usage de la parole
- car tu es compétent aux phrases rares
celles dont le regard immédiat
donne un paysage à la pensée
tandis que je m'enivre c'est un aveu d'ivrogne
aux formules de terre cuite -

si loin donc
et cependant telle est l'énigme heureuse
si soudainement accordés
si manifestement encordés

c'est qu'il y a ce détail sensible
invu et sans nom
que mon poème voudrait tant nommer
parce qu'il recèle sans doute une part du secret
cet or humain perdu dans la rivière surabondante
un détail un rien informulable
que Rilke cachait sous l'aile de l'ange
et que Rimbaud cherchait dans les fièvres

ce rien qui fait le même
sous le vêtement infini des contraires

ce pli dans l'âme humaine…

希望

致弗雷德里克和安娜

人们说，儿童的时代
不属于我们，——
那是错误的
我们父亲的时代
在前夜里诞生

不是的，从根本上：青年和老年
在由同样的气息
和消耗性的饥饿
织成的同一布匹上

寻觅吧：在你身后，有千万年的青春
热情和拒绝，始终还是
来自第一个站起来的人，
在死亡的眼皮下
在恒常不变的人们中
并将成为
人类纪中的最后的人

记忆，带着牙齿，
你们很早就有了孩子们
不可逆转的景观中的青草地

我们可以改变世界
不打破在其中我们做的自己的睡梦
和今天的滔滔不绝
如此清爽的力量，
它也许没有处女之爱，那么新鲜
从久远处，
思想，映照出
清晨的形状

那么，你们这些年轻的危险分子
当然会从一个未来，跳到另一个未来
你们可能无法超越
亡故的故人们的梦想
他们从下方，注视着你们
但你们冒险的奔走地是对的
掠过落下的石头
并重建通往深渊的道路

因为，希望，至少和深渊一样深沉
有了它，姿态，才能配合笑容，
时不时
用孩子的小手，抚摸老人的胡须

L'espoir
(à Frédéric et Anne)

On a bien tort de dire que le temps des enfants
n'est pas le nôtre
le temps de nous les pères
nés d'une nuit précédente

mais non décidément : jeunesse et vieillesse
sont cousus dans la même étoffe d'air
et de faims consumantes

cherchez donc : il y a mille siècles de jeunesse derrière
vous
l'ardeur et le refus sont ceux encore
du premier homme dressé sur ses jambes
sous l'œil de la mort
et seront ceux constants
du dernier homme humain

la mémoire vient avec les dents
et vous avez tôt fait enfants
d'être l'herbe d'un paysage irréversible

on peut changer le monde
sans rompre le sommeil qu'à nous-mêmes nous sommes
et l'aujourd'hui jaillissant
tant rafraîchi de sa force

il sera moins neuf peut-être que le vierge amour

d'un très vieux

dont la pensée réfléchit

la forme d'un matin

or vous jeunes périlleux

qui bien sûr sautez d'un avenir à l'autre

il se peut que vous ne franchissiez pas plus loin que les

rêves

des morts anciens

qui d'en bas vous regardent

et cependant votre pas d'aventure a raison

qui effleure les pierres tombées

et reconstruit le chemin vers l'abîme

car l'espoir est au moins aussi profond que l'abîme

lui seul permet d'accorder le geste au sourire

le temps au temps

main d'enfant dans la barbe du vieillard

内心的赞许

致安德烈·切迪*

在城市密集的运动中，
如同那些古老的海洋，
我们在那里，刷新
磨破而沮丧的脚步

要走了，你说，
去更远处，重新开始
我们的诞生

我们当中，有许多人会听到
在你的声音中起舞的声音
跳舞的倔强的声音
在道路的刀刃上

万物颤抖，威胁的话语
在锐利的诗句里，道出，
如山中的溪流

---

* 安德烈·切迪（Andrée Chedid），埃及女诗人。——译注

风雨满楼，
天空崩裂，
在我们的额头上
投上暗沉的光泽

整个人，用奇特的阴暗和肮脏，
形成他的法律，
在万人冢上

缺了牙齿，他的话语
由风飘送

逆向，
必须向前，
就像老太太带着孩子
赤脚，在慈爱的怒火中，
谁的手，在寻找另一只手
在死亡之下，

迈越，你说，
再迈越，
因为遗忘，会让心变老
因为思想，渴望脸孔

因为所有限于自身的思考
都会崩溃
它们只有一个太阳

你的诗，有两种奔走，
一种走向冲撞和废墟，
当无数的阴影又返回时
还有另一种——也是同样的——
用脚跟，为谜语命名，
为无形，赋予了节奏

人类重启的勇气

快乐，是第一张脸
那在黑夜里
摇曳的火焰

Consentement au cœur
(à Andrée Chedid)

Dans le mouvement dru des villes
comme à ces mers anciennes
où nous rafraîchissons nos pas
usés et sans plus de courage

il faut aller dis-tu
recommencer plus loin
notre naissance

nous sommes beaucoup à entendre
la voix qui danse dans ta voix
la voix têtue qui danse
sur les couteaux du chemin

tout tremble et la menace est dite
dans le poème aigu
comme une eau de montagne

l'orage qui enfle
le ciel qui se brise
et pose une lumière lourde
sur nos fronts

tout l'homme étrangement funeste et sale
formant sa loi

sur les charniers

et sa parole édentée
nourrie de vent

contre
il faut aller
comme la vieille à l'enfant
pieds nus dans sa colère aimante
et dont la main cherche une autre main
sous la mort

franchir dis-tu
et refranchir
car l'oubli vieillit le cœur
et la pensée veut des visages

car toute pensée sur elle-même s'effondre
qui n'a qu'un soleil

il a deux pas ton poème
un pour le heurt et la ruine
quand l'ombre à l'ombre infiniment revient
et l'autre – mais c'est le même –
nommant du talon l'énigme
donnant son rythme à l'invisible

courage recommencé des hommes

et c'est la joie premier visage
ce tremblement de flamme
dans la nuit

后 记

塞泽尔，推动着，

指明了道路……

Epilogue

Césaire, bousculant, indique le chemin…

向你致敬，艾梅·塞泽尔 *
向你致敬！
我们需要你，
我们前所未有地需要你
今天，在这里，
在我们这个平淡的荒芜的小岛上，
在这个世纪初，
这应当是一个开端，
一种充满活力的步伐，
一种向所有的开端敞开的眼光

我们是从上个世纪来的沮丧的末代人
在新世纪的脚步前，感到疲惫
弯着腰，抵御神经紧张带来的
黑色的磨难的风
从受伤的思想里，淌出鲜血
在消蚀的太阳里，失去联系

你曾说："倦怠，乏力，压垮了我，"
我们，就是被压垮的人
你用反叛者的声音说

　*　艾梅·塞泽尔（Aimé Césaire, 1913–2008），诗人、政治领袖，
曾任马提尼首府法兰西堡市市长 56 年，任法国国会议员 48 年，
公认为"黑人性"思想的奠基人，以其诗歌创作，成为 20 世
纪最伟大的法语诗人之一。——译注

当犬狗们默不作声时，你说：
"我们是盲人
因上帝的恩典和恐惧，而盲目，
你在新草中，什么也看不见吗？"
我们什么也看不见，我们害怕

我们需要你，艾梅·塞泽尔
我们前所未有地需要你
你那充满活力的声音，
你那喷薄而出的话语，
如熔岩般，从海中升起，
我们需要在狂风中连根拔起的美
用反叛的语言
让喉咙着了火
用喘不过气的节奏
在词语里，迸发着树木、残阳和忧愁的风

丰满的话语
沉浸在波涛之中
载满了陡峭的石头
在它垂直的气势里，
蕴含着黑暗，陶醉的鸟儿，和死亡

河流积冰，和噼里啪啦的破冰声
必要的拒绝，
伟大的日出，在口中，升起
和无与伦比的花朵

我们需要回到你的诗歌，艾梅·塞泽尔，
重新找回
当一切失落时
重新发现崛起的语言，
在吟唱和渴求中，
在丰富的味道和色彩中，

你曾说
"我住在不可救药的渴求中"，
那等于说
"我住在诗歌中"
而你讲出了不幸的理由
我们的不幸的真正理由

我们不再住在
在身体、灵魂或渴求中，
我们也不再住在抗争中，如你所说的，
"在希望与绝望、清醒与狂热之间"，
我们只住在绝望的清醒里
没有希望，也就不再有热情，
我们不再住在话语里
它成了没有窗户的居所
在桌下，没有蛇的眼睛
在墙壁里，也没有蜜蜂的私语
不，我们不再住在这里了

所以，我们需要你，艾梅·塞泽尔，

是的，我们现在前所未有地需要你，
像和你一样淬过火的气质
我们需要不可救药的诗人
用他无拘无束的诗歌，
将人类的灵魂，
从奴役中，解放出来

是时候了，正当其时，
要回到诗歌的怀抱了
我们的故土，
"人民与诗歌一起诞生"，你曾说过，
但他们正在死去，显而易见，
已经失去了诗意，
而诗歌，是抵御死亡的神奇利器，
是在生活中无数无形而平凡的方式。
你说过的诗歌，是用反抗，去征服，
"唤醒自我的坦率的部分"

我们前所未有地需要你
你对诗歌的执着信念，
像红树林一样不屈不挠的奠定的话语，
它，"调和梦想与行动，梦想与现实"，
从而成为一种政治的唯一的发酵剂
就连青草与荆棘，
也不会忘记人类
人类的大家庭，及其深沉的歌声

我们欠艾梅·塞泽尔的，不可计数，
你为我们指明了"隐喻之路"，
你说，要让我们去走那条路，
让我们一次再一次，与你一起，
成为火山之子，
我们会像你一样叫喊，直到翩翩起舞，
欢笑，径直流到我们的血管里
反叛，"在紫罗兰和银莲花中，崛起，
在我们沾着血液的每一步里"，
向艾梅·塞泽尔致敬，向他感恩！
一次又一次

我们将用我们的声音，赤脚拍击地面，
我们一定，与你同在，
在"毛毛的细雨下"，
在希望的一边

（这首诗应西尔维·安德鲁之邀创作，最初刊载在由贝尔纳·肖沃
编订的文集《敬爱的艾梅》中）

Salut à toi Aimé Césaire

Salut à toi salut !

Nous avons besoin de toi

Nous avons besoin de toi comme jamais

Ici aujourd'hui

Dans notre îlot de détresse fade

En ce début de siècle

Qui devrait être un début donc

Un pas de vigueur

Un œil ouvert à tous les commencements

Nous sommes des finissants harassés

Fatigués avant le pas

Arc-boutés contre le vent des preuves noires

Du sang versé de la pensée blessée

Des liens perdus des soleils éclipsés

Tu disais : "La torpeur, le torpide cela m'écrase"

Nous sommes les écrasés

Tu disais dans la voix d'un rebelle

Qui parlait quand les chiens se taisaient

"Nous sommes aveugles

Aveugles par la grâce de dieu et de la peur

Et tu ne vois rien parmi l'herbe nouvelle ?"

Nous ne voyons rien nous avons peur

Nous avons besoin de toi Aimé Césaire

Nous avons besoin de toi comme jamais

De ta voix de vigueur

De ta parole éruptive

Qui monte comme une lave dans la mer

Nous avons besoin des beautés arrachées dans la

bourrasque

De la langue révoltée

Qui met le feu dans la gorge

De rythmes hors d'haleine

De mots gorgés d'arbres de soleils brisés et du vent des
mornes

D'une parole charnelle

Baignée dans les vagues

Lestée de pierres abruptes

Et qui porte dans son élan vertical

La ténèbre l'oiseau ivre et la mort

L'embâcle et des débâcles crépitantes

Les refus nécessaires

Et la grande levée du jour dans les bouches

Et les fleurs nonpareilles

Il nous faut revenir à toi Aimé Césaire

Retrouver

Quand tout tombe

Retrouver le langage qui monte

Qui érige un désir au-delà des larmes

Dans le chant dans la soif

Dans la saveur et la couleur abondantes

Tu disais

"J'habite une soif irrémédiable"

C'était dire

"J'habite la poésie"

Et tu disais ainsi la raison du malheur

La vraie raison de nos malheurs

Nous n'habitons plus

Ni le corps ni l'âme ni la soif

Nous n'habitons plus la lutte que tu disais

"Entre l'espoir et le désespoir, entre la lucidité et la ferveur"

Nous n'habitons plus qu'une lucidité désespérée

Sans plus d'espoir donc ni de ferveur

Nous n'habitons plus la parole

Demeure désormais sans fenêtres

Sans l'œil du serpent sous la table

Ni la rumeur d'abeilles dans les murs

Non décidément nous n'habitons plus

Alors nous avons besoin de toi Aimé Césaire

Oui nous avons besoin de toi plus que jamais

comme de tous ceux de ta trempe

Nous avons besoin du poète irrémédiable

Qui dans son hymne affranchi

Affranchit d'un coup l'âme humaine

De ses esclavages

Il est temps il est en grand temps

De faire retour à la poésie

Notre pays natal

"Les peuples naissent avec la poésie" disais-tu

Eh bien ils meurent cela crève les yeux

D'avoir perdu la poésie

La poésie arme miraculeuse contre la mort

Et ses mille façons invisibles et ordinaires dans la vie même

La poésie que tu disais conquête par la révolte

"De la part franche où se susciter soi-même"

Oui nous avons besoin plus que jamais Aimé Césaire

De ta foi persévérante dans la poésie

Parole fondatrice et indocile comme mangrove

Qui "réconcilie le rêve et l'action, le rêve et la réalité"

Et donc ainsi seul ferment d'une politique

À même l'herbe et la ronce

Qui n'oublie pas l'humain

La famille humaine et son chant profond

Ce que nous te devons Aimé Césaire est innombrable

Et nous montre "le chemin des métaphores"

Où tu disais qu'il faut que l'on marche

Soyons donc avec toi encore et encore "les fils du volcan"

Nous crierons comme toi jusqu'à la danse

Et qu'un rire nous court jusque dans les veines

Et que rebelles "des violettes des anémones se lèvent

À chaque pas de notre sang "

Salut à toi Aimé Césaire et gratitude!

Encore et encore

"Nous frapperons le sol du pied nu de nos voix"

Nous sommes définitivement avec toi

Sous "la pluie des chenilles"

Du côté de l'espérance

(Ce poème, écrit à l'invitation de Sylvie Andreu, a été initialement publié dans l'ouvrage collectif Cher Aimé, édité par Bernard Chauveau.)

重新诞生：回应诗的惊诧

（代译后记）

打开法国当代诗人西梅翁 (Jean-Pierre Siméon) 的这本诗集，有一种惊诧，扑面而来。

这本诗选的第一组命名为《七弦琴》，由七首诗构成，诗人西梅翁让位给自然界的万物——鸟、树、河流、风，让位给寂静、时间、阴影，用万物各自自在的吟唱，用对无言的世界的倾听，诗人仿佛回溯到世界的源头处，像初次看见、听见世界一样地去感知和书写万物带给我们的丰富的惊诧感，重新塑造诗歌的竖琴。西梅翁的这一组诗不仅仅以援引瑞士法语诗人雅各泰 (Philippe Jaccottet) 翻译的荷尔德林的诗开头，而且在诗的景深处，也深深回响着雅各泰式的诗的伦理的声音。

生于 1925 年的雅各泰属于"瞬间一代"诗人，历经战争的冲击，在文明的废墟上，雅各泰和他的同时代人博纳富瓦等，希望用诗的生存方式重新出发，与世界重建感性的联系，也怀着诚实的苛求，揭示在世界的真实中存在的吊诡与矛盾。生于 1950 年的西梅翁，和他的同时代人安德烈·维尔泰 (André Velter) 等，是他们的精神兄长雅各泰的读者与知音，他们都像雅各泰一样在召唤——在此时此地——"真正的生活是可能的"的伦理，延续和拓展着重新以抒情的名义写诗，用新抒情的方式去颂扬本真的生命、真正的生活。西梅翁不仅仅要让人听到不容忽略的自然世界的价值，启示当代人重新在世界中栖居、发现寻常事物本身的自然的美，而且，他在《七弦琴》里充分地呈现了在这种自然伦理的视域里，万物本身也给出了启发人如何去返归自然、本真地存在的生命伦理的典范。

西梅翁用从容明亮、灵活敏锐的诗的语言，颂扬着鸟和树木自然而然的存在，它们是大千世界中的生灵的代表，不会去过多地忧虑死亡或者计量，耐心地去经历生命的自然过程（"像果实一样，自然成熟"），但是，又毫不畏惧生存情境中的困难（"鸟儿从不畏惧浮云会遮蔽光明 / 当冬天把阳光隐藏，难道它不是 / 会穿越天空的无限，又重新找回把光？"；"树木吸吮着阳光和雪水，/ 在狂风暴雨中，面向雷电 / 而挺立"）。西梅翁像雅各泰一样从万物中领会自然的"功课"，他也同样不仅仅倾听鸟儿的鸣唱、树的故事、河流的舞步，也让人听到在纷纭世界中的"寂静之音"的力量，还有与光同在的阴影的奥秘。因而，这是献给生命真理、实相本身的当代真正的抒情诗，在每一刻的生命在场中也有死亡、虚无的阴影，在生动的光线中也包含阴影的部分，这也正是雅各泰在诗的书写中用心传递的领会。比如雅各泰写道："在渐增的光线里 / 阴影在耕作"，而西梅翁同样给予阴影以礼赞："阴影，向你致敬 / 不会包含在死亡里的同伴 / 你是所有活生生的万物 / 沉默而温柔、含蓄的朋友"，更挖掘在影子伴随万物的形体的存在中的容易被忽略的含蓄的真实。西梅翁用他层层展开的简洁而丰润的描述，去提问在静默的事物中可以听到的寂静之音：

难道是那颗心，在沉默的事物间跳动，

在石头间，在木头里，在光线中，

透过肌肤，听到的声音，

犹如温润的雪，飘临到我们的额头，

正是我们通常称作的寂静？

也正对应雅各泰在题为《声音》的那首诗中写出的"万籁俱静"时吊诡的纯粹的声音，而正如雅各泰所言，"只有那颗心听得见／那颗既不求占有，也不求胜利的心"，西梅翁也正是以这样的敞开的心，感通到"如温润的雪"徐徐飘临的寂静的声音，而他写寂静氛围的语言，多么微妙具体而温润可感。

诗人在自然超出人类中心视域之外的力量面前是谦卑的，同时虚心地朝向万物的启示敞开，这也是雅各泰从他的表弟瑞士汉学家毕来德 (Jean-François Billeter) 的著作里吸收到的体道的态度与真知的立场。用虚己、静观的审美契通自然世界，这也是西梅翁所吸收的审美生命的智慧，但另一方面，西梅翁展现出了与雅各泰的内敛、克制不同的诗的风格与语言的气质，他也充满着面向充分、勇敢的探险、体验的激情，这种生命与诗的激情，也让他和他的同道好友安德烈·维尔泰一样，不断走向未知的远方，怀着"对于一切生命的大爱"。西梅翁在题献给安德烈·维尔泰的诗作里，也将维尔泰比作希腊神话中的奥菲斯，他曾在下到冥界去尝试拯救爱人时却永远地失去了她，在辽阔的疆域中严肃地"丈量自己的生命"，用一切真正的生的考验与历练，"用这一切，他用他的竖琴，／造就了诗歌，／走出枯死的沼泽，／和闪闪发光的群山"，他重新选择了用诗歌吟唱生命的方式，还曾创办了引领法语当代诗歌从没有生机的"沙漠"中走出、重新行动的杂志《沙漠驼队》。西梅翁也一样的坚定、乐观，虽然像雅各泰一样清醒地书写幽暗的时刻，他更从"陨落的光"中看到即将"升起的光"，在循环交替的日夜中，他发出了"在日暮里，我们是清晨的同时代人"的明澈的宣言，他从自然界的现象的感知中觉察出如此"简单的"功课，却是多么有力量的召唤。尤其他和维尔泰一样，都是有影响力的行动者，西梅翁继维尔泰之后主持伽利玛出版社的诗歌丛书，他们都在体会到文化、诗歌的危机的同时，用实际的创造共同体的行动，带来清晨一般新鲜的光明。

在与"瞬间一代"的诗人们一样清醒地意识到生命的有限性的同时，西梅翁既将这种有限性的意识容纳在诗的意象、书写语言的内部，又在这有限性的视域里充分地、彻底地活，甚至"在那会熄灭的火光里，／去猎取美吧，去穿越黑暗"。如果说雅各泰所代表的瞬间一代的诗人在重新拾回抒情诗时是小心翼翼的，而且，在二战后的历史情境中，那一代诗人背负太重的历史使命，要去质疑语言与图像（意象）的有限性，要向比如超现实主义诗歌开战，让语言与图像尽可能诚实地面向真实本身；西梅翁则既体现出对上一代法语诗人在诗的伦理层面的承接，也明显地不那么被拘禁在怀疑主义的囚笼中，他甚至是要打破一切固定思维的栅栏，"让灵魂战胜／面向未知的恐惧"。他写出了一切都在波动、变动、流动的生命实相，和雅各泰一样敏感于不确定性，却坦然地朝向这"不成文"的自然"法令"敞开，在接纳中呼唤去创造将要来临的真正的生活，"让我们走得更远，驱逐阴影"，"让每一个创造生活的人，与我们同行"，像德国浪漫派画家弗里德里希笔下的人物一样，"在每一刻里，攀登，趋向光明"。

正是怀着这种深沉而乐观的生命伦理，西梅翁在这本诗集里多次反思了如法文里所讲的"在死亡之前的死亡"(la mort avant la mort)的状态，那是像他生动地反讽"活得，还不如石头生动"的一种僵化的生命状态，召唤人从活着却如死去一般麻木的状态中苏醒，因而，体证生命之道，对于西梅翁而言，绝对不是隐退、避世，如果说朝向自身的返归是一种习练，却是为了在与真正的自我的对话中，唤醒内在的潜伏甚或是沉睡的力量，在迈向世界的存在中涌现，去实现生命真正的诞生（"不要去避世／而要朝向自己，去重生／来给予自己理由，／在这世界上，去存在"）。这种理由正是要在生命的内部去寻找、奠定，只有发自内在的真正转化的决定，才有可能拥有不断更新的源泉，和生生不息的力量。有了这样的发自内部的理由，诗人才不畏惧生命中的磨难，甚至不畏惧死亡，虽然他也不乏痛苦地深深地领会到脆弱性，但他写道，"一切有价值的，都是脆弱的，/但在其中，却会让人感受自身，乃至于沉醉，/感受到生命存在的力量"，于是，无论如何，西梅翁选择的存在方式，是从虚静、沉思中实现转化的飞跃，去行动、挑战、真正体验包含着未知与脆弱的人性生命（"生命昂然有力，/凌空起舞，发出挑战"）。因而，西梅翁不去否定，而是充分肯定人类探求生的希望（哪怕是在经历过绝望之后的希望）的渴求（欲望），如"在沙漠中"去奔跑，去"重寻，汩汩的泉水声"，而正是对于真实的生命的爱，给予"人类重启的勇气"，在历经变故、痛苦与危机之后不断重启生命征程的勇气，也包含热爱美好却脆弱的世间事物、与他者建立生命的关联乃至相遇的勇气。

西梅翁所追求的诗歌"为人性，效力"，"将血液，融入语言"，也是通过重新为诗歌赋予生命力，书写通向真实人性体验的诗歌，也去探寻属于诗的语言的力量。诗的时刻，与寻常的时刻不同，用诗的体验带来的惊奇，让人超出了寻常的生活状态，超出只满足于有用的必需品的视域，正是看似无用的诗、艺术的大用，引向内在的转化、真正的倾听（"噢，我们有时候会听见/放下了日常的工具/和冰冷的手中的必需品，/如在海浪的震碎处/聆听如歌如泣的乐句一样/我们惊呆了"）。因而，西梅翁在真正的诗歌的广阔的视野中，不仅仅致敬雅各泰、维尔泰，而且他也不回避法语诗歌史的宝库中各种资源的养料，他甚至让我们或隐约或清晰地听到了例如魏尔伦、路易·阿拉贡的诗句的影响……最终，他在这本诗集的末尾，肯定和颂扬非洲法语诗人、政治领袖艾梅·塞泽尔的诗歌范例，这也凝结了他透过真正"充满活力"的诗的诉求所召唤的生命理想（当一切失落时 / 重新发现崛起的语言，/ 在吟唱和渴求中 / 在丰富的味道和色彩中），在"希望与绝望、清醒与狂热之间"，重新点燃用诗的方式存在的火焰，用"不屈不挠"的坚持去"调和梦想与行动，梦想与现实"，用诗歌见证属于人类的历久弥新的梦想。西梅翁写道：

我们走过百年

每时每刻，都有涂上新粉的想法，

却被无形的绳索，牵引着，

我们最古老的梦想

如春雪般，令人激动的愿望，

如同它死了，却不断复活

用塞泽尔唤醒、解放心灵的方式，西梅翁用他简练却又在灵活的回转中激荡出丰富哲理的诗歌语言，召唤当代人从麻木不觉的无感的状态中重新活过来，也一同去体证、激活属于整个"人类的大家庭"的"最古老的梦想"，如同用属于原初的诗的方式去吟唱人类深沉的情感、生生不息的梦想。

＊＊＊

在整整二十年前，我在瑞士日内瓦大学留学时，曾研究、翻译雅各泰的诗歌，《菲利普·雅各泰诗选：1946—1967》汉语版后于2009年首次出版（世纪文景·上海人民出版社），修订、增补版于2020年再版（《夜晚的消息》，人民文学出版社）。十多年前，我曾陆续翻译安德烈·维尔泰的一些诗作，在《诗选刊》《世界文学》刊载，他的诗集《单独的树》全书汉语版待出版。

此次，应上海人民出版社赵伟老师之托，我开始阅读西梅翁的诗选，那种扑面而来的惊诧，首先也是因为我即刻听到了我曾经喜爱、翻译的两位大诗人的某种诗的伦理、诗的声音的余音。然而，有趣的是，雅各泰以清醒、克制的低音调书写，维尔泰却要重新用高音调的咏唱，引领着法语诗歌走出边缘的空间去重新奔行。而西梅翁恰好介于两者之间，融合了两种诗的气质、歌的音调，他深受两位诗人的影响，也在某种矛盾的结合中，以他独特的语言、深厚的学养、深沉的活力，去探求属于他自己的真正的诗的语言。因而，也可以说，真正有创造性、思想性的诗歌，永远都是可以汇通的，超越语言、形式本身的差异与屏障，因为它真正通向对于生命与生活世界寻常而丰富的真实的敞开的倾听、凝练的记录，携带着真相结晶的神秘形式。

在初译雅各泰时，我也深受雅各泰本人的翻译伦理的影响，是要用倾听陌生性的耳朵，在绝对忠实原文中，求明澈的传递。从一种语言到

224

另一种，从一岸到另一岸，过渡、渡河，穿越语言的河流。二十年过去，我也领会到，更重要的在于领会，深入地理解另一种语言，另一个声音，在诗的声音里面交织的相遇，与世界、事物、不同的生命体、不同的作者，层层叠叠的相遇。这些相遇交汇在待解码的文本里，朝向我走来，需要敞开、接纳，倾听再进入。翻译，因而也是如在法文中的意义（sens），包含方向的意义的展开，打开褶皱，重新生成节奏、语词、意象，在翻译的过程中重新编织，却又回应了源头语言里的骨与肉、前世的影响，也就嵌入了未来的生命，未来的意义。因而，翻译构成了未来（将要来临）的命运的一部分，在另一种语言的世界中的接受、传播与影响。

二十年前，我对于另一种语言的肉身，对于意义的生成，对于生命本身，都还在习得的过程中，多少有些青涩，有些拙，而后渐渐的，在时间的过程里，从词语的单位到单元之间的联结，越来越熟悉，传递就越来越自然，找到自然而然的过渡，那必然通向倾听之道，转化之道，创造之道。

在这之前，需要不断经历每个部分的摸索、勘探、标识，快也快不得，谨小慎微里，我们苛求着那所谓的对于原文的忠实。殊不知，忠诚的理念，也提问着对于原文的理解，原本以为确定的，如那唯一的可能性，或称作真理的，在更加深的熟悉、理解的过程里，渐渐打开了坚硬的外壳，露出了多样的内在，由单一到多元，由固化到灵活，这难道不也是生命的内涵的理解的过程？然而，依然记得那最初的对于忠诚的纯粹的渴望，那严格的、渴求的标准，在松解僵化的姿态的同时，节奏忽然更加灵动起来，赋予语句一些生机，在忠实与转化之间的余地里，在那薄薄的间隙里，呼之欲出的，难道是交融着回应与新生、传递与转化的所谓神似的理想？一次次趋近，一处处核验，一点点叩问，一页页去倾听、回应，在生成的节奏里，让意义在新的语言承载里重新呼吸，却又携带着最初的尊敬原文、敬畏外语的那份初心，一次次蹚过那河流，翻译给了我一回回的新生，或者是与文本在翻译中一起去重新诞生，去唤醒，去延展。

此次翻译西梅翁的诗集，亦是在翻译带来的考验中，在倾听中与他的诗的召唤一起重生，听到其中令人震颤的生命的气息，并在这翻译渡河的过程中，一次次重新听到了同样曾经给过我震撼的雅各泰、维尔泰的声音，音调有差异却有着相通追求的诗人们，与西梅翁一样教我们去真正地生活，用诗人一样的耳朵，去倾听所有生命的实相。

诚恳感谢上海人民出版社给予我这次宝贵的机会，也要特别感谢法籍华裔诗人、翻译家张如凌女士，上海作家协会副主席、作家、诗人赵丽宏先生对这本诗集的翻译、出版给予的支持与推动。

姜丹丹

图书在版编目(CIP)数据

诗的复活 ／（法）让-皮埃尔·西梅翁著 ；姜丹丹译.
上海 ：上海人民出版社，2024. -- ISBN 978-7-208
-19171-6

Ⅰ. I565.25

中国国家版本馆 CIP 数据核字第 2024F6R994 号

责任编辑　赵　伟　陈佳妮
整体设计　包晨晖
设计制作　李万凤

诗的复活

［法］让-皮埃尔·西梅翁 著

姜丹丹 译

出　　版　上海人民出版社
　　　　　（201101　上海市闵行区号景路 159 弄 C 座）
发　　行　上海人民出版社发行中心
印　　刷　上海盛通时代印刷有限公司
开　　本　635×965　1/16
印　　张　15
插　　页　4
字　　数　80,000
版　　次　2024 年 11 月第 1 版
印　　次　2024 年 11 月第 1 次印刷
ISBN 978 - 7 - 208 - 19171 - 6/I · 2176
定　　价　72.00 元